Pour les miens

Sur ces hauteurs de Marseille, les bars branchés et les boulangeries bios sont apparus aussi subitement qu'une poussée d'herpès. La journée, le Venant se balade ici comme un beau-père qui sort de la chambre de ta mère en caleçon. Aujourd'hui, tout le monde dit « les Bobos » mais nous, quand on était ados, on les appelait « les Venants ». Kassim avait sorti ça un soir, vers deux heures du mat. On était au Panier, sur notre banc en bois de la place des Moulins. On tombait des Heineken, on tirait sur des pétards. Un grand blond, qui venait d'acheter une des maisons du quartier, s'est ramené devant nous torse nu, en claquettes-bermuda. Il avait la tête du mec qui a pris la confiance. Il nous a demandé, avec une voix qui voulait faire copain-copain :

— Salut, les gars, vous auriez pas une ou deux feuilles à dépanner ?

Djamel lui a d'abord répondu :

— Une ou deux feuilles ?

Puis Kassim a levé les yeux vers lui.

— Regarde-le-moi ce Venant avec sa gueule d'héritier !

Sur le coup, on avait pas vraiment capté. On comprenait pas toujours Kassim, mais Venant, c'est resté. Et on s'est mis à le placer sur toutes ces gueules qui nous revenaient pas.

Cet après-midi Sam m'a dit, entre deux bises, qu'une fête se tenait dans une ancienne imprimerie, boulevard National. Une info un peu vague, sans adresse. J'ai trouvé par hasard, à l'oreille. Sur le trottoir, des coupes déstructurées, des hauts de survêtements fluorescents, des pantalons retroussés et des bleus de Chine : la mode qui va chercher les restes au frigidaire. Ils ont même ressorti la paire de Air Max. Moi, je ressemble à une page de La Redoute des années 90 avec mon polo jaune trop large, mon pantalon à pinces et ma paire de Stan Smith toute flinguée. Je me suis fait une petite moustache très irrégulière et pas vraiment assumée. J'ai jamais su négocier aucun virage de la mode.

À l'intérieur, les culs se bougent sur de la musique électro de bon goût. Je me sens seul comme quand j'attends mon tour chez mon coiffeur homosexuel complètement inculte. Je croise Greg. Ce soir, il a une tête de requin-marteau. Il s'en est trop mis dans le nez. Sa mâchoire s'ouvre :

— Mais dis-le que t'as pris de la MD ! Tu t'es vu ? qu'il me sort.

En ce moment, Greg boucle un docu produit par Canal+ sur le street-art. Sur Facebook, il pose devant des fresques à Berlin, Bristol, New York, Belgrade, avec toujours cette phrase, « I love my job ». Là où j'ai grandi, derrière le Vieux-Port, dans le Panier des années 90, les street-artistes se sont pointés après qu'on a eu fini de mettre tous les pauvres sur le palier de la ville, au nord, dans des immeubles avec ascenseur en panne. Leurs graffitis et leurs papiers peints subversifs étaient la touche finale d'un quartier devenu, en quinze ans, une vitrine pour touristes. Avec Greg, on a rien à se dire et ça fait cinq ans que ça dure.

Il fait chaud, mon corps est plein de cette envie de niquer avec les planètes. Déjà deux heures du matin, les lumières, trop franches, me rappellent que je suis mortel. Je pense à la branlette que je vais me taper en rentrant, j'en salive. J'aime me faire l'amour.

Une fille noire, grande, me postillonne à l'oreille.

— Ici les gens sont vachement plus ouverts qu'à Paname !

Elle est à Marseille pour une performance.

— C'est demain soir ! C'est archi-complet !

J'ai les yeux rivés sur sa jugulaire bien irriguée. Son cou transpire.

Elle enchaîne :

— C'est une réflexion sur le corps de la femme, le corps hybride, le corps autocensuré !

Un mec à côté, un peu gros, un peu arabe, avec des longs cheveux frisés et une chemise à carreaux, ajoute :

— Et moi je filme.

— Tu filmes quoi ?

— La performance, qu'il me répond avec sa tête de loukoum.

Je me retiens de demander ses origines à la fille. Ça fait colon chasseur de papillons. Elle me tourne déjà le dos pour parler à un autre qui lui a sorti ses yeux de « Je vais te niquer ce soir ».

Sur la piste, Sam se touche les seins, la nuque, se cherche le point G. Il vient de se faire larguer par sa meuf et crame toute sa thune de graphiste free-lance à courir sur les nuages. Un jour, Sam arrêtera tout, brutalement. Il ne mangera plus de viande, ou seulement une fois par semaine. Et il organisera des repas avec du bon vin et des recettes de livre de cuisine. Pour *profiter de sa journée de demain*, faire des randonnées dans les calanques, des vide-greniers ou une expo.

Mes doigts raclent mon fond de poche. Des tickets de carte bleue écrasés et des cristaux bruns. Le sachet de MD a pété en début de soirée. Je me lèche les doigts. Demain, j'appellerai Sam et on pleurera nos mères à s'en faire chauffer l'oreille. « J'ai encore perdu trois ans d'espérance de vie ! » « Putain, j'ai l'impression qu'on m'a roulé dessus, gros » « J'ai une gueule d'insoumis… » Sam, c'est mon Numéro Vert quand je suis en redescente.

Au bar, je me retrouve nez à nez avec un programmateur du FIF Marseille, le Festival international du film, le genre à te refuser la sélection en disant : « Ça n'enlève rien à la qualité de votre travail. » Il a un nez d'ecclésiastique et une peau de couleuvre. Je commande une bière. À 38 ans on sait dire non à l'alcool fort. Je lui fais la bise et lui demande : « Comment ça va ? » Je suis une pute. On se regarde une minute. Il m'a déjà recalé deux films. C'est long une minute. Et on se dit bonne soirée. Dans Mon Monde Nazi, je le collerais quatre ans devant un documentaire sur la guerre en Syrie, avec pour seule bande-son le bruit des bombes réalisé par des enfants réfugiés à l'aide de paquets de chips.

Mon Monde Nazi se réunit régulièrement dans ma tête, pour statuer sur toutes sortes de choses que je ne supporte plus. Son tribunal est constitué d'une féministe, d'un musulman intégriste, d'un docker syndiqué, d'un couple de cathos de droite, d'un designer homosexuel, d'un CRS à la retraite, d'un intermittent du spectacle et d'une activiste pour le climat. Et tout ce beau monde essaie de s'entendre. Pour un monde meilleur.

Michel Renard, un artiste contemporain au visage d'entre-deux-guerres, m'entraîne à l'étage. Il m'avait branché y a longtemps pour faire un film sur lui : une soirée de débauche et d'autodestruction. Il attendait des aides. Les artistes passent leur vie en salle d'attente. Il me lit sur son téléphone une histoire de bar et de fille à la peau blanche. Son texte, c'est une noix pourrie. Pour pas subir, je lui lis un passage de mon film sur Nordine à la plage. J'y arrive pas. J'imagine mes potes d'enfance, Nordine, Djamel, Ange, Kassim et Ichem, debout, face à moi. Ils se tapent des fous rires sur ma face de Venant : « C'est quoi cette coupe de cheveux, Stress ? Et va te couper les cheveux, oh clochard ! C'est quoi cette moustache ? C'est quoi cette soirée ? C'est quoi cette musique ? C'est quoi ces gens ? Sur ma mère ! Regarde comme elle danse la gadji ? » Ils se marrent, mes fantômes.

À l'étage, c'est le coin VIP. On te mate du coin de l'œil mauvais. Une fille et un mec se mangent sur place. Ils ont l'ardeur de ceux qui pensent mourir demain. Je commence à penser au chauffeur Uber de tout à l'heure et à sa mine de fin du monde. J'abandonne le canapé, les cubis de rosé et les filles à la bouche ouverte. Michel Renard me crie de loin :

— C'est plus poétique ce que tu écris, toi !

Dehors, des groupes échangent calmement. J'ai jamais été bon dans les dernières minutes du match. Jamais invité dans les afters de Venants. Mon intégration s'arrête là. Mais Johanna vient me faire la bise. Elle travaille à la Friche la Belle de Mai. Une ancienne manufacture de tabac collée aux rails de la gare Saint-Charles et transformée en institution culturelle. *Un pôle d'auteurs*, qu'ils disent. Une ruche de Venants qui se passent la main dans les cheveux. Peu de Marseillais y travaillent, sauf pour faire la sécurité ou la cuisine. Et encore. Johanna est chargée de projet pour Guacamole, une boîte de prod qui a aussi des bureaux à Paris. Tu m'étonnes, même le pain, les Marseillais, y savent pas faire. Il a fallu que les Venants débarquent pour qu'on découvre le petit épeautre. C'est touchant qu'elle ait quitté son groupe d'amis pour venir me voir, ils sont en train de parler d'un artiste qui « s'est vachement mis en danger en allant filmer une communauté qui chasse l'ours en Sibérie avec une caméra DV format 4/3 ».

— Alors ? Comment ça va, Stress ?

Johanna est fraîche. Ça me file un coup de brumisateur.

— Un peu fatigué.

— T'as l'air en forme pourtant.

— T'es gentille.

— Je le pense.

— Les effets de la drogue alors.

— Ça fait des miracles, c'est vrai.

Devant moi, Greg lève sa pinte, le dos appuyé contre une Clio 2 dégueulasse. On lui voit un bout de ventre.

— Qu'est-ce que tu fais en ce moment ?

— Des films de mariage.

— Allez, sérieusement.

— Je suis sérieux.

— T'en es où de ton projet ?

— Oh tu sais… ce soir, je suis pas en état.

— Vas-y ! Vite fait, comme ça.

J'aime bien son côté distant de la fille qui a réglé ses problèmes.

— C'est sur quoi déjà ?

— Sur mon quartier d'enfance, sur mes potes, la gentrification, tout ça.

— La gentrification, qu'elle reprend avec un accent marseillais.

— Tu te moques, hein ?

— Et ça se passe au Panier ?

— Oui, le Panier des années 90.

— C'est autobiographique ?

— C'est pas Jean Rouch qui disait : « La fiction n'existe pas » ?

— T'es sûr que Jean Rouch a dit ça ?

— Non, je suis pas sûr.

Elle rigole. Elle est belle. Elle me relance.

— Et t'en es où ?

— J'ai pas mal écrit déjà. Des scènes. Faut que j'organise tout ça. Tu penses qu'on peut se voir à la Friche pour en parler ?

— Avec plaisir. Tiens ! Prends ma carte ! Jérém sera sûrement intéressé. Bon. Je dois filer. Ou mes potes vont partir sans moi.

Elle m'a déjà tourné le dos.

Jérém, c'est le directeur de prod de Guacamole. Je l'ai croisé dans quelques soirées. Il se la raconte grave, pour un mec qui a une tête à travailler chez Leroy Merlin. La carte de Johanna a un graphisme bien carré, comme les font les institutions. À force de lécher les couilles des subventionneurs, ces grosses associations finissent par leur ressembler. J'ai une petite montée de fascisme. « La colère, il faut l'accepter et la bercer, comme un enfant qu'on t'a fait dans le dos », m'avait dit un jour un ami prof de yoga qui ne sort plus en soirée depuis qu'il a fait deux gosses. Johanna, elle doit s'endormir avec une goutte d'huile essentielle sur le front. Je la prendrais bien dans mes bras et l'embrasserais là, devant tout le monde. Elle me ferait découvrir des groupes de jazz gentiment expérimentaux. Et je feuilletterais le catalogue de la biennale d'art contemporain de Venise dans son salon avec tomettes au sol et plafond aux poutres apparentes.

Mon Uber arrive.

Je monte dans la berline noire, l'odeur de neuf de cette voiture à crédit me file la gerbe.

Je rentre. Moi, mon chauffeur Uber et mon sperme plein d'acidité.

Ma mère s'est installée au Panier en 1982, dans la partie comorienne du quartier. Avec son maigre héritage, Fred avait acheté « pour rien du tout » un grand appartement avec vue sur le Vieux-Port. Quand elle a débarqué, ses voisins faisaient la vaisselle sur le trottoir et les toxicos se piquaient dans les couloirs sans électricité de notre rue. Au Panier, personne ne voulait y foutre un pied. La bibliothèque du quartier était restée fermée pendant six mois. Ma mère avait réussi à négocier, avec le ministère de la Culture et un élu local sujet à l'eczéma, de la transformer en « Centre de la Prose ». Une structure culturelle qui proposait des ateliers d'écriture, d'alphabétisation et un laboratoire d'expérimentation poétique. Fred avait passé cinq ans à enseigner aux Beaux-Arts d'Alger. Là-bas, elle avait senti la situation pourrir de l'intérieur. D'abord par des détails. Des étudiants qui ne venaient plus à son cours, soudain réfractaires à certaines pratiques. Dans la rue, des regards insistants, des insultes, en arabe, de loin. Ses voisins de palier qui ne lui ouvraient plus leur porte. Les Barbus n'étaient plus seulement dans les campagnes.

En novembre 1981, la première lettre de menace est arrivée sur le bureau de la direction. Les couloirs de la fac sont devenus glacés. Deux mois avant son départ, le conseil d'administration avait décidé de planquer les nus au sous-sol, et une nuit, des types s'étaient introduits dans l'école et avaient cassé, au burin, toutes les couilles et les seins des sculptures exposées dans la fac. « Les salauds », elle avait dit en découvrant, au petit matin, ces corps mutilés. Ça lui avait mis un coup. Elle s'était décidée à partir, par la mer, pour Marseille. « OK pour revenir, mais pas en France. » Sur le pont du ferry, en voyant Alger s'éloigner, elle avait senti l'étranglement du sanglot : « Je te laisse, ma belle… désolée. » Elle avait débarqué au Panier avec moi sous le bras, son cou d'aristocrate et sa peur de rien.

Ma mère m'a mis à l'école publique des Moulins. « J'allais quand même pas le foutre chez les bonnes sœurs ! » De son éducation, elle avait gardé qu'un enfant ça s'adapte, ça suit et ça fait pas chier. Sur la photo de classe, au milieu des Comoriens, des Arabes et des Portugais, avec ma figure rose, j'étais facile à repérer. En sortant de l'école je courais à fond pour acheter de la Biberine et des meringues chez Mme Calzolarie, qui plus tard est entrée en taule pour trafic de cocaïne. Et le soir, j'allais chercher la pizza au camion Les 2 frangins, en bas de la montée du Saint-Esprit. Aldo pétrissait sa pâte pendant que le vieux Carboni nous chantait son opérette de fils d'immigré napolitain déçu de Mitterrand et qui n'avait pas honte de dire : « En 80 j'ai voté pour lui. Maintenant, je vote Le Pen. » Quelques années plus tard, sa femme, Gisèle, est devenue maire d'arrondissement et numéro deux du conseil général. Le vieux

Carboni a retrouvé le sourire et la rose du Parti socialiste. La politique, ici, c'est comme les lasagnes, on recouvre de sauce bien épaisse.

Plus tard, quand mon cul a trempé dans une adolescence de fond de casserole qui accroche, le Panier était devenu une histoire de places. Six territoires, six vieilles places marseillaises, qui se parlaient plus. J'avais appris à les connaître et à m'en méfier. J'étais devenu presque un homme.

J'ai jamais aimé la place de Lenche, maquillée comme une fille qui se trémousse devant un mafieux dans un bar à entraîneuses de l'opéra. Les mafieux, ils dansent pas, ne boivent pas, fument rarement, et quand ils sortent en boîte de nuit, ils gardent toujours un œil sur la porte d'entrée. Ils savent pas s'amuser. La place de Lenche, c'est une descente qui a envie de te dire : « Eh, casse-toi de là ! » Mais elle peut pas. Parce qu'elle a quelque chose à te vendre. Ses restaurants y servent des salades avec des tomates coupées en quatre et des pizzas mal cuites. Le tout devant quatre ou cinq voyous avec du ventre et des cernes, qui parlent entre eux comme s'ils préparaient le casse du siècle. En bas de la place, y a toujours quelques Venants qui tirent sur leur tabac à rouler et sirotent leur mauresque. Ils « prennent l'apéro au Panier ». Prendre l'apéro en bas de la place de Lenche, c'est comme aller à la piscine et rester accroché aux bords. Y t'arrivera pas grand-chose.

En remontant par-derrière, tu arrivais sur la place des Treize-Coins, avec son bar et ses crapules qui marchaient sur la pointe des pieds. Ces mecs-là pilotaient leur deux-roues avec une seule fesse, ne mouraient jamais et rigolaient fort, pour montrer combien ils étaient cons. Mais en vrai, c'était une feinte. Parce que pour survivre, ils connaissaient leurs gammes : arrachage de sacs, vol de scooters, cambriolage de voisins, deal de faux shit et revente de places sur le marché noir du stade Vélodrome.

À la frontière Nord, la place François-Masson, froide et poreuse. Occupée par des petits gentils qui se mélangeaient avec d'autres jeunes de la Joliette ou des Carmes, les quartiers voisins. Ils se ressemblaient tous. Ils avaient leur bac pro, faisaient du rap de Maison pour tous. Des élèves moyens, qui forçaient un peu leur style. Ils ont fini à la Ville ou au conseil général, ont fait deux-trois gamins et sont partis vivre plus loin, vers Désirée-Clary, ou encore plus loin, dans des quartiers neufs avec parking et portails électriques.

Sur la place des Lorettes, dans le ventre du quartier, planaient les guerriers de la bière : Youssef, le gros Nabil, Riad dit l'Ancien ou le Noir. Une équipe de blessés de guerre qui s'échangeaient les seringues, avaient des ordonnances plein les poches et cassaient des dents pour se faire 30 francs. Une génération sacrifiée qui parlait le patois du toxico marseillais. Ils sont tous morts.

Les plus gros poissons du quartier nageaient sur la place du Refuge. Un aquarium plein de prédateurs à l'œil pas frais. Le Reuf, c'était la fierté du Panier. C'est ici que les plus grosses bagarres avaient lieu et on entendait des bruits d'os à chaque coup de poing. Ici que tu achetais ton shit plein de paraffine, ou un morceau de carton. Et t'étais bien payé de t'en tirer comme ça. La place du Refuge, elle avait pas d'humour et une vision de l'entrepreneuriat à très court terme. Elle était tenue par Foued le Grand. Lui, il rigolait encore moins que les autres. Un jour, il a frappé trois mecs de Félix-Pyat avec le même pied et on racontait qu'il crachait des boules de feu avec son cul. Il traînait toujours avec Pichon, qui avait une bouche de poisson-pilote. Pichon, y te fauchait les pieds avec ses bras et te fossilisait la gueule dans le bitume à coups de coude. Sur la place traînaient aussi Tcha-Tcha de la FF, Mansouri, le premier voyou comorien, Meumeu, le mec qui te frappait comme dans *Matrix*, Bébé Croûte et ses balayettes-écrasement de tête, et Fad, qui avait une tête à jouer sa famille au Bingo. Ça, c'étaient les permanents, après y avait des CDD qui venaient d'autres quartiers du centre-ville : des Carmes, de Belsunce ou de Noailles. C'est toujours les autres qui venaient traîner au Panier et pas l'inverse. À Marseille, chaque quartier avait ses figures, ses frappeurs, ses marques de tee-shirt, ses joueurs de ballon, ses rappeurs, mais dans les années 90, cherche pas à comprendre, y avait le Panier et y avait les autres. Et celui qui te dit l'inverse, c'est un mytho ou un jaloux.

Enfin, tout ça c'est de la nostalgie, et la nostalgie ça emmerde tout le monde, sauf celui qui raconte, ça lui file un coup de jeune.

Ma bande, c'était la collection soldée du Panier. On traînait sur le point le plus haut du Panier, la place des Moulins. Une gentille vieille, avec un joli visage sans rides et des rondeurs de partout, qui votait FN. Elle nous balançait aux flics si on jouait un peu trop tard au football. Avec Kassim, Ange, Nordine, Ichem et Djamel, on passait H24 le cul assis sur ses bancs en bois tailladé au couteau « Malika la Suceuse » et « Bonzaï la Balance ». On tuait notre temps à fumer du shit coupé à la paraffine et à taper dans des ballons de foot dégonflés. À l'époque, je te parle de quand j'allais encore à l'école maternelle des Moulins et que j'avais des joues roses bien remplies, au milieu de la place trônait une grande fontaine. Mais à Marseille rien ne marche très longtemps. Des lustres qu'y a plus d'eau qui sort de la fontaine des Moulins.

Ichem était le plus petit de la bande. Et le plus vicieux. Il avait un accent chantant d'Oranais : « T'as le vice ? Moi, j'ai le tournevis et la boîte à outils. » Il aimait bien les phrases toutes faites. La première fois que je l'ai vu, c'était un an après son arrivée du bled. Une nuit chaude de mai 1996, dans les rues humides et dégueulasses du Panier. Je nageais dans un sweat Polo Ralph Lauren blanc. Une imitation ramenée d'un voyage en Angleterre. Que je quittais plus. Avec ma tête rasée et mon teint blême, je ressemblais à une luciole malade, de la porcelaine aux yeux rouges et aux traits fins. Ichem a jailli de la rue des Mauvestis. Il s'est approché et m'a dit :

— Tu me payes et je deviens ton garde du corps.

Il avait regardé trop de films d'arts martiaux avec Jean-Claude Van Damme.

— Non merci, ça ira ! je lui ai répondu, puis : Par contre, tu sais rouler ?

On s'est posés sur un banc de la place des Moulins. Ichem a fait un deux-feuilles collage à gauche, avec ses doigts crasseux pleins d'ongles, presque infumable. Ses cheveux lui tombaient jusqu'aux fesses. Il affichait un style de série B indienne des années 80, qu'on pouvait voir au bled avec une bonne parabole : chapeau de cow-boy et gilet en cuir porté à même la peau. Il était presque nain, avec une peau mate recouverte d'un duvet de petit moineau. Les grands de la place du Refuge l'appelaient Moogli ou Indiana Jones. Plus tard, ça n'a pas traîné, Ichem s'est couvert d'habits de marque bien visibles, il a sacrifié ses cheveux d'apache et s'est fait une coupe chez « Kader comme d'hab », à Noailles. Il s'est intégré. Mais un clando reste un clando. T'es marqué au fer rouge.

J'avais ramené de l'herbe d'un voyage en Allemagne. Ma mère m'avait envoyé deux mois à Berlin-Est, en séjour linguistique. J'en étais revenu sans aucune notion d'allemand, mais avec quatre grammes de skunk, bien grasse. Au troisième joint, je lui ai dit :

— En fait, tu sais pas rouler !

On est devenus potes comme les gouttes de lait dans le café.

Ichem habitait rue Baussenque, entre la place du Refuge et la rue de l'Évêché. La fin du Panier. Ensuite, c'était le commissariat central, avec ses sous-sols où on te frappait encore à coups de bottin téléphonique pour pas laisser de traces. Et après, la mer. La rue était sur le versant sombre, au froid, et quand les fenêtres étaient ouvertes, on pouvait filer des gifles à son voisin d'en face. Ichem vivait au premier étage, vingt mètres carrés, côté nord, avec sa sœur Rabia et son neveu Wawa, qu'on nourrissait aux haricots et à l'écran plasma. Le beau-frère de Ichem, Cheb Youss, était une star du raï au bled. Quand Ichem parlait de son beau-frère, il gagnait quelques centimètres.

Cheb Youss était un Arabe blond à casquette, avec lunettes à verres jaunes et bouc roux. Un produit d'importation chinoise qui pianotait sur son synthé et passait sa voix au vocodeur dans les soirées algéroises, les cabarets raï de la Côte d'Azur et les grandes raï-nights parisiennes : le grand monde version carte de séjour des années 90. Cheb Youss était partout en photo dans le salon. Sur le meuble télé, ses K7 de raï se mariaient avec un tableau noir aux calligraphies dorées, « Allah est le seul Dieu et Mohammed est son Prophète » et toute la collection de VHS de Bruce Willis. Un jour Ichem m'a dit :

— Bruce Willis, s'il me demande, je couche avec lui.

Chez lui, le général, c'était sa sœur Rabia. Une grande fille avec des yeux de loup bien noirs et une carrure à faire des clefs de bras. Elle avait fait venir son frère d'Algérie et l'avait transformé en femme de ménage. Ichem dormait dans une petite chambre avec son neveu Wawa. Il se levait toujours très tôt, préparait le café, fumait sa clope, passait la serpillière et sortait tuer son temps de clando qui un jour aurait ses papiers, et « Ils verront tous ces enculés, sur ma mère, que je calculerai plus dégun ici. Y a que des fils de pute qui te jettent les yeux, dans ce quartier pourri ».

L'été, y nous arrivait d'aller à la plage. Quitter le quartier, c'était une expédition. Limite s'il fallait pas faire des demandes de visa et prendre notre carnet de vaccination.

Ichem était toujours en retard. Il maîtrisait l'art de se rendre désirable.

Pendant qu'on l'attendait sur la place des Moulins, il prenait le temps de se foutre nu face au miroir de sa salle de bains. Et de branler lentement sa grosse bite de petit homme en pensant au film porno où une Noire hermaphrodite se fait enculer au bord d'une piscine. Une cassette que je lui avais prêtée, jamais rendue. Ichem m'avait appris un jour ce proverbe oranais : « Fou celui qui prête, encore plus fou celui qui rend. » Ce jour-là il n'a pas éjaculé, il a enfilé son maillot, recouvert son odeur de Fahrenheit de Christian Dior et s'est enroulé un bandana rouge autour du cou. C'était la mode.

Il est passé par la place du Refuge. « Salam ! » de loin à Cabinet, le dealer du coin. Un jour j'ai demandé à Djamel comment Cabinet avait hérité de ce surnom.

— Parce qu'il a une tête qu'on dirait qu'il est toujours en train de chier, il m'avait répondu.

Ichem a remonté la rue des Muettes à coups de petites accélérations, bondi de trottoir en trottoir, feinté le soleil. Il avait une pile dans chaque jambe et quand il cavalait, on lui voyait les oreilles partir en arrière. Il gagnait toutes les courses de vitesse du quartier.

Il s'est arrêté pour ramasser un bout de pain, l'a embrassé et reposé sur un endroit accessible en disant « Bismillah ». Je trouvais cette manie un peu ridicule, mais aujourd'hui, chaque fois que je vois un bout de pain par terre, je te jure que j'ai envie de le ramasser. Les croyances, c'est un truc qui te rentre dans le crâne comme un clou dans un placo.

Quand il nous a rejoints sur la place des Moulins, Djamel soufflait sur un joint, Nordine faisait une série de tractions sur un lampadaire, Ange se rongeait les ongles et moi, Stress, je stressais.

— Putain, Ichem, tu casses les couilles !

— C'est bon, t'as fini de te séguer ? a dit Ange en se prenant les couilles.

— Arrête-toi, Ange, a répondu Ichem, un peu gêné.

Mais Ange, il aimait le sang. Quand t'étais sonné, il pensait qu'à une chose, te finir.

— Oh, c'est quoi ce bandana, Ichem ? On dirait le fils à George Michael et Mimi Mathy !

Rires, dents apparentes et têtes qui partent en arrière. Ichem s'est touché le bandana. Sa confiance en lui a fondu comme un glaçon au soleil.

— On va où ?

J'avais toujours besoin de savoir où on irait et ce qu'on allait y faire. Les retards des potes, les plans foireux et les « Inch'Allah demain », pour dire que rien n'arriverait demain ou que de toute façon, c'est Dieu qui déciderait, j'arrivais pas à m'y faire.

— Ça va, arrête de t'affoler, Stress, on attend Kassim.

Quand il me parlait, Ange perdait son sens de l'humour. On était les deux culs blancs de la bande. Je sentais parfois chez lui le désir d'en finir avec moi. Ange était corse, fils d'un père mafieux de la grande époque toulonnaise. Quand son père, Dédé Vezzani, est mort, Ange a atterri à Marseille, chez sa mère. Il était pas chez lui, ici, fragilisé comme un chien errant. Mais il avait hérité de cette capacité à sentir quand on peut prendre le dessus sur l'autre. Ange reniflait chez moi ces manières de petit-bourgeois que je dissimulais sous un accent un peu forcé, une démarche travaillée, une tête rasée de près et une accumulation de fringues de marque. Je portais la panoplie complète de la petite frappe marseillaise.

Mais mon regard était celui d'un agneau. Et le regard, dans la rue, c'est ta carte d'identité.

— Quoi ? On attend Kassim ? Eh, c'est bon ! Sur ma mère ! Il est trois heures ! C'est la dernière fois que je vais à la plage avec vous !

J'ai toujours été le spécialiste des annonces qu'on ne tient pas. Une manière de faire sortir mes angoisses, ou de les partager. Mon surnom, Stress, je l'avais pas volé.

Je transpire, racle ma gorge et me lèche le bras. J'ai un goût de Chipster. Encore une soirée qui a servi à rien. Heureusement j'y ai croisé Johanna. Je me lève avec l'envie de mourir et de pisser.

Dans ma salle de bains, un rideau de douche dégueulasse et des cadavres de rouleaux de PQ. Je pisse jaune opaque. Dans ma cuisine, deux plaques électriques sur un frigo, un gel décapant, un débouche-évier et un paquet de Maïzena, périmé. Dans mon frigo, un yaourt grec et trois tomates moisies. Je bois au robinet. De l'eau calcaire chaude, goût tuyauterie. Devant la porte d'entrée, deux poubelles qui attendent d'être sorties, un vieux sac McDo et une bouteille de rouge médaillée « Club des Sommeliers », à moitié pleine. Je vis comme si j'allais tout quitter d'un jour à l'autre. Quand j'étais encore chez ma mère, elle entrait parfois dans ma chambre et disait :

— C'est pas possible, Stress ! On dirait qu'y a un SDF qui crèche ici.

Sur Facebook, Bowie est mort. Des hommages qui se touchent le nombril. « Je l'ai vu à Toulouse en 87 »,

« Je l'écoutais vous étiez pas nés », « J'ai acheté ce 45 tours quand j'avais 11 ans ». Les soldes du deuil. Deux semaines que mes contacts Facebook sont « en lutte contre la gentrification du quartier de la Plaine ». Ils s'excitent sur la réhabilitation par la mairie de la place Jean-Jaurès. Ils ont même monté une ZAD pour stopper le début des travaux. Le Venant est fort pour écrire sa propre histoire. Pour nous, au Panier, la Plaine a toujours été une marmite d'accents pointus, d'étudiants avec de l'argent de poche, de rastas de contrefaçon, de punks à chiens, de Parisiens en week-end et de crapules débarquant de toute la ville pour faire les poches de ces chevelus qui sortent des bars de nuit en puant la clope et le rhum arrangé.

J'ouvre le profil Facebook de Clara. Elle a fini par me supprimer de sa liste d'amis. Je me sens comme un ex qui rôde la nuit en bas de l'immeuble de sa copine pour regarder les silhouettes passer devant les fenêtres. Elle est en tournée en Suisse, dans des centres d'art où on chuchote. Elle a réussi à se faire une place dans le petit milieu de la musique expérimentale avec une performance guitare électrique et poésie contemporaine. Elle pose sa guitare sur ses genoux et scande ses textes répétitifs en dressant ses bras pleins de tatouages géométriques vers le ciel. Ça plaît beaucoup.

Son côté lunaire qui remercie les gens à la fin des concerts en prenant l'air paumé, j'y crois pas une seconde. Quand elle était ado, alors qu'elle a jamais aimé lire, Clara demandait pour son anniversaire des exemplaires de la Pléiade. Tout est calculé chez elle. Aujourd'hui, sur Facebook, elle ne publie qu'en anglais et poste ses passages sur France Culture, les articles qui parlent d'elle dans *Le Monde*, *Télérama* et la presse spécialisée. Clara se déplace uniquement en première classe SNCF et mange sans gluten. Elle est toujours aussi belle, avec ses cheveux bouclés et ses yeux noirs de révolutionnaire espagnole. Ma mère l'adorait.

Son nouveau mec est italien. Je l'ai croisé à la galerie des Bains-Douches dans une soirée où j'étais trop en forme pour m'intéresser à qui que ce soit. Un critique d'art, un peu réalisateur, un peu musicien : une pute brillante, la pire des races, qui te regarde comme si t'étais un vendeur de sardines. Il lit *Art press* à la plage et « adore Marseille » pour son côté « hyper popoulaire ».

Fermer la porte à triple tour, descendre la Canebière, passer devant les derniers snacks encore en vie et rejoindre le cours Belsunce. Avec Clara, le dimanche, on allait manger des fruits de mer pas loin, chez Toinou. On se prenait une bouteille de blanc et on laissait glisser notre week-end en parlant de Tarkovski et Stockhausen comme un vieux couple bourgeois.

La Canebière ressemble un peu à ma vie. Elle commence propre sur elle, avec la chambre de commerce et son manège imitation d'époque. À partir de la rue de Rome, elle fronce les sourcils : des robes de mariée premier prix, des bazars « Tout à 2 euros », un snack chicken halal pakistanais, un commissariat aux vitres sales et un McDonald's aux poubelles dégueulant d'emballages. Et sur la fin, plus rien, ou presque : deux offices pour envoyer de l'argent au bled, un marchand d'objets asiatiques, un tabac et un ancien cinéma, muré depuis des années. La Canebière finit seule, errante, devant le parvis de l'église des Réformés, sans vraiment savoir quand elle a perdu le fil.

J'arrive sur le cours Belsunce, figé dans le temps comme un boulevard colonial. Quand j'étais petit, ma mère m'achetait ici des baskets troisième choix d'usine. « Maman, j'ai des chaussures qui courent plus vite, t'as vu ? » Mon enfance pouvait ressembler à un film du dimanche soir avec Omar Sharif.

Trois appels en absence de Sofiane et un message : « Réponds-moi, Stress. » Mauvais signe. J'ai froid. La sensation d'avoir des problèmes de circulation sanguine. Je tourne des pages Web sur mon iPhone. « Redescente de MDMA. Vous n'avez plus de sérotonine. Buvez beaucoup d'eau et mangez des agrumes. Voyez des amis. Marchez au grand air et mangez sain. » J'ai plutôt envie d'un sandwich brochette de foie et cœur.

Chez Amar, c'est un petit snack au feu de bois juste à côté de la mosquée de la rue des Récolettes. Amar enchaîne les sandwichs avec son œil qui dit merde à l'autre. Il a la constance de celui qui fait rentrer la caillasse. D'année en année, ses joues sont plus remplies et ses cheveux plus bouclés. Les affaires vont bien. Devant moi, deux jeunes en djellaba blanche, pantalon couche-culotte et paire de Birkenstock. Ils ont un fort accent marseillais, des marques de frottement sur le front et une barbe poussive. Leurs épaules tressautent à chacune de leurs blagues.

— Oh Amar, me mets pas la mayonnaise du bled, je te connais !

Amar est plutôt timide.

— Non, t'inquiète. Ti veux Couca-Coula ou la Couca-Ziro avec ?

Rires de tous, même des ouvriers qui attendent derrière moi, avec leurs mains pleines de plâtre.

— Wallah, c'est un fou ce Amar ! Merci la famille !

Je commande un foie-cœur-mayonnaise-harissa, « avec pas trop d'harissa s'il te plaît », et un Coca.

Quand on descendait sur la rue de la République, avec Nordine et Ichem, pour se prendre un sandwich chez Toutankhamon, comme sauce ils demandaient « mayo-harissa », et moi « mayo-ketchup ». Dans leur regard, c'était comme si j'étais pas vraiment un homme. Avec le temps, j'avais fini par me forcer à prendre comme eux. Et j'étais assez fier d'arriver devant le mec et dire : « Mets-moi harissa-mayo, frère ! »

À mon époque, le signe d'appartenance, c'était le choix de la sauce. Peut-être que si j'étais adolescent aujourd'hui, je porterais une petite barbe et la djellaba du vendredi midi.

La gestuelle d'Amar est précise. Découper le cœur, piquer le foie, éventer les braises. Il encaisse, rend la monnaie, découpe le pain, met les sauces. C'est émouvant tant de virtuosité.

Je pars manger sur le Vieux-Port, comme un chien. La chaleur me fouette le visage à coups de vent d'est. Devant moi, quelques touristes l'air déçu font la queue pour une excursion aux îles du Frioul. Là-bas, ils trouveront une terre sèche, de vieux bâtiments de guerre, des mouettes et des sandwichs club. Sous la grande ombrière, de jeunes couples, la tête penchée, se prennent en selfie dans le reflet de son toit-miroir. De la niaiserie touristique. À classer avec les cadenas des ponts de la Seine et les piécettes de la fontaine de Trévise à Rome. Au milieu de ce désolant décor du dimanche passent à toute vitesse sur des roulettes électriques des jeunes boudinés dans des survêtements jaune fluo, s'affichant Qatar Airways ou Beko Électroménager.

Aucun Venant. Ils sont sûrement en train de déguster un verre de rosé face à la mer. De s'ouvrir des oursins sur un bateau. Ou peut-être de bouquiner au bord d'une piscine à la campagne, chez des amis. C'est Nordine qui disait :

— Ils connaissent les bonnes choses, les Venants. Ils savent vivre. Pas comme nous.

Nordine était le plus philosophe d'entre nous.

Mon téléphone vibre. Toujours Sofiane.

— Stress, je suis avec un client là… T'es libre pour un mariage le 8 août ?

— De l'année prochaine ?

— Non, de cette année !

Depuis cinq ans, avec Sofiane, je fais des mariages orientaux dans les quartiers Nord. Je filme des faux cils qui se ferment au ralenti, des flacons de parfum La Vie est Belle et des Rolex au poignet. Tous les week-ends je me retrouve dans le coffre d'une voiture pour suivre des cortèges. Je cours en transpirant dans les couloirs des mairies de quartier. Je drone au-dessus des plages de Cassis et je prends toujours le même plan : un jeune couple qui se fait un bisou halal sur le front, avec le soleil en contre-jour. Tous mes samedis soir, de juin à septembre, je les passe dans des salles climatisées de zones commerciales à attendre que la pièce montée arrive, devant des baffles qui crachent de la musique arabe à t'en décoller le tympan. Chaque année je me dis, « j'arrête les mariages ». Et chaque année j'y retourne. Je dois aimer ça.

— Tu peux leur faire un prix ?

— C'est-à-dire ? Mille ça irait ?

Sofiane marque toujours un temps d'arrêt quand ça parle argent.

— Tu peux baisser de 100 euros ?

— Allez vas-y ! C'est bon.

Avec Sofiane je finis toujours par perdre.

— Le 8 août, Stress ! Je compte sur toi !

Au loin, le ferry-boat fait sa laborieuse traversée d'une rive à l'autre du Vieux-Port. Devant la bouche de métro, un spectacle hip-hop. Des jeunes torse nu tournent sur leur tête et font ces figures que j'ai déjà vues des milliers de fois. Au quartier, on les matait de nos yeux vitreux ces mecs et ces filles qui allaient faire de la danse hip-hop trois fois par semaine au centre social Baussenque avec Idriss, du groupe Phocéa Force. Il en a sauvé des jeunes, Idriss, qui vend aujourd'hui des pizzas pâte épaisse dans son camion boulevard Chave. J'enviais leur démarche libre et leurs rapports simples avec les filles. Ils étaient beaux et nous, on avait les traits crispés, le ventre vide et des dos de vautours.

Une nuée de mouettes plane au-dessus de l'eau huileuse. Elles guettent les tripailles et les invendus du marché aux poissons. Les jeunes danseurs sautent dans tous les sens, tapent dans leurs mains et haranguent la foule. Ils ont toujours ces mêmes gueules émouvantes de bons jeunes qui ont trouvé une issue. J'ai envie de pleurer. Ça nettoie les yeux. Une jeune fille fraîche comme un abricot s'arrête :

— Ça va, monsieur ?

Elle a une voix d'infirmière.

Putain – « Monsieur » – quand même – faut vraiment que j'arrête la MD.

Kassim était le plus âgé de la bande. Il est arrivé au Panier en 1997, avec sa femme Djamila et le petit Atou. Papa Sanchez leur louait une boîte d'allumettes petit format en rez-de-chaussée rue du Poirier, à trois immeubles de chez ma mère, juste à côté de la petite mosquée et de son meuble à chaussures qui se remplissait et se vidait cinq fois par jour. Le vieux Portugais possédait la moitié des bâtiments de la rue. Il les rafistolait avec du fil de fer et vendait du sommeil à tous ces Comoriens qui bossaient dans les arrière-cuisines des restaurants marseillais, à faire la plonge et la carbonara contre trois mapessas. Kassim et Djamila habitaient un couloir de vingt mètres carrés éclairé par l'écran d'une télé constamment allumée. Dans la cuisine, la seule fenêtre de l'appartement donnait sur la rue et le grand mur de l'Hôtel-Dieu, derrière lequel les ballons de foot finissaient leur vie. Dix ans que l'ancien hôpital était à l'abandon : une dent qu'on laissait pourrir.

Kassim bossait sur les chantiers avec Saïd, son beau-frère. Il installait des chiottes et des douches. Des sanitaires, comme on dit dans le métier. Kassim n'aimait pas trop les ambiances chantier. Se faire des barbecues et s'envoyer des pastis le midi, entre hommes, c'était pas trop son délire. Mais le soir, quand il rapportait les outils, il touchait son salaire : voir le cul de sa belle-sœur Ourango.

La première fois qu'il a croisé Ourango et ses yeux de biche, c'était le jour de la cérémonie religieuse. Elle était allongée sur le canapé du salon devant la série *Côte Ouest* pendant que Kassim et sa mère négociaient le prix de la dot. Ourango était dans un boubou rose à décolleté frou-frou qui lui plaquait ses gros seins contre le menton. Sa main droite effleurait lentement le carrelage. Elle avait l'air d'un gros poisson échoué. Devant l'imam, il avait eu toutes les peines du monde à tenir sa canne à pêche.

Pour Kassim, tout s'était enchaîné très vite. Arrivé de Mayotte à 18 ans, seul, avec l'adresse d'un demi-frère qui habitait près de la gare. Deux mois après, dans une soirée comorienne, à l'Escale Saint-Charles, il rencontre Djamila. Elle tombe enceinte, ils se marient et viennent s'installer au Panier, juste en dessous de ses parents à elle, qui acceptent mal que leur fille, étudiante en droit, se marie avec un Mahorais. Kassim, il lui arrivait de gueuler très fort dans le couloir de l'immeuble familial : « Vous parlez des Français mais vous êtes les plus gros racistes !!! » Leur couple voguait sur une éternelle mer agitée et la nuit, depuis la fenêtre de ma chambre, j'entendais la grosse voix de Kassim gueuler et le fracas des assiettes que Djamila balançait contre les murs.

Au début, Kassim rejoignait sa belle-sœur où ils pouvaient : dans un squat, une impasse, une cage d'escalier, là où deux corps peuvent s'imbriquer. Ourango écartait ses fesses avec ses deux mains et il enfonçait son piment sans formalités. Quand il a eu son permis, il l'embarquait dans la nuit marseillaise. Ensemble ils secouaient sa Ford Fiesta rouge dans tous les coins sombres de la ville : le parking de Notre-Dame-de-la-Garde, la baie des Singes ou les plages de Corbières. Ça faisait de la buée sur les vitres. Quand Ourango s'est mariée avec Saïd, ils ont continué à se voir un peu. Son premier fils ressemble comme deux gouttes de Sambo banane à Kassim. Puis, de samoussa en samoussa, de grossesse en grossesse, Ourango a pris du poids. Et la grande fille qui jouissait en silence n'a plus voulu de la Ford Fiesta. Un non simple, à voix basse, sans retour. Maintenant, elle ponctuait ses journées à faire ses cinq prières, donner le sein et regarder « Le Bigdil » sur TF1.

Kassim la croisait encore, dans ces salles polyvalentes des quartiers Nord où les jeunes Comoriens se mariaient. Ourango y était affalée sur de grandes nattes, entourée d'autres femmes. Elle triait le riz avec nonchalance. Elle avait fini par ressembler à sa mère : une grosse pièce de viande avec un regard vague et un hijab sur la tête. Pour elle, Kassim était devenu transparent. C'était comme s'il n'avait jamais existé. Lui se disait souvent que les femmes étaient des serpents qui changent de vie comme de chemise. De toute façon, il savait même plus si les amortisseurs de la Ford Fiesta auraient encore tenu le coup.

Depuis son deuxième enfant, Kassim rentrait le soir de la place des Moulins en sentant fort la transpiration et l'odeur que laisse la sixième Heineken. Kassim nous disait souvent : « Mon modèle à moi, c'est Bob Marley. » Mais Djamila, elle commençait à en avoir marre que Kassim passe ses journées et ses nuits avec nous.

Elle occupait ses journées à passer la serpillière, nourrir les gamins ou racler le fond d'une casserole, les pieds plantés dans une paire de claquettes. Ses petites tresses plaquées tombaient sur sa nuque de Comorienne à la peau claire. Son cul était toujours pris dans un pagne rouge qui lui descendait jusqu'aux chevilles, on pouvait y poser une assiette. Elle avait la tête bien droite et regardait passer, à travers les volets, les hommes qui allaient prier à la mosquée. Des gouttes de sueur sucrée coulaient sur son visage et s'écrasaient sur le sol gras de la cuisine.

— Tu vas où ? crachait Djamila chaque fois que Kassim sortait pour nous rejoindre.

— À la plage !

— Avec les autres, là ?

Cette fois-là, Kassim n'a rien répondu. Il était torse nu, assis sur le bord du lit conjugal, des cicatrices sur tout le corps. Il a enfilé, sans slip, un short de foot de l'AS Bonneveine et une paire de baskets trouées Royal Reebok.

Il s'est levé, a attrapé le poste de radio et une serviette qu'il s'est claquée sur le dos. Il s'est placé derrière elle et lui a collé son sexe entre les fesses. Elle continuait à frotter la casserole, le visage fermé. Il s'est retiré et la porte a tremblé.

Djamila l'a regardé sortir dans la rue et s'arrêter sur le trottoir d'en face. Elle l'a insulté dans sa langue natale. Kassim a posé le poste de radio sur le trottoir, sorti son paquet de Camel souple coincé dans l'élastique de son short, tapé sur le paquet trois fois, chopé une clope avec ses dents, l'a allumée, a saisi le poste de radio autoreverse, se l'est mis sur l'épaule et a appuyé sur Play. Les premières notes de « California Love » de 2Pac, à fond. Il s'est touché un lock. Il savait qu'elle le dévisageait, sa petite Comorienne. Il a lentement levé sa tête vers le soleil et a sorti un de ses rires fous.

Sur la place, on l'a vu arriver de loin, lui et sa démarche de gangster jamaïcain. On était contents qu'il soit là, Kassim. Cet enfoiré qui faisait rien comme les autres. À peine arrivé il m'a gueulé : « Stress le beau gosse ! » Et il a chopé le pétard à la bouche de Djamel. « Fais-moi fumer toi ! »

— Baisse la musique, Kassim ! a dit Nordine.

Nordine ne changeait jamais sa voix pour rien. Il était arrivé en France à 13 ans, seul avec son père. Le plan, c'était de travailler dans le magasin familial et de raser les murs, en attendant que le reste de la famille débarque. Nordine a fait quelques années en classe de primo-arrivant. Il aurait bien voulu faire du dessin. Il était doué. Il a été orienté en mécanique. De l'école française, il garde un mauvais goût dans la bouche et des mains noircies au carburateur. À 17 ans, Nordine était déjà plein de cicatrices à l'âme, qu'il cachait comme il pouvait.

— Alors on va où ? j'ai demandé.

— À la mer ! a répondu Ichem.

Je voulais savoir si on allait prendre le bus. Si on irait côté Nord vers l'Estaque, ou côté Sud vers le Prado. Si on s'installerait sur une plage de sable ou sur des cailloux. Mes amis avaient cette faculté de s'en remettre à l'univers, et moi, j'entendais le clocher des Accoules décompter les heures qu'il nous restait à vivre. « La mer », c'était pas une réponse. Mais il fallait que je m'en contente.

« *Salut, Stress, j'espère que tu as bien récupéré de la soirée... Écoute... Jérémy est dispo entre midi et deux pour te rencontrer et parler de ton projet. On peut se faire un dej aux Grandes Tables de la Friche si t'es dispo. J'attends ton coup de fil. Je t'embrasse...* »

En passant par Saint-Charles, j'adopte cette démarche que l'on prend quand on traverse une gare. J'appartiens au monde de ceux qui partent, arrivent, attendent, restent plantés devant les horaires, prennent un café, achètent un billet ou le journal. Je suis un corps à composter.

Avec Clara, on avait pensé à quitter Marseille. On avait dit Berlin. Elle venait de finir son conservatoire. Elle avait décroché sa médaille d'or, avec une pièce sonore qu'elle avait appelée *Éducation sexuelle*. Elle avait joué ça au Centre national de création musicale, devant une douzaine d'intellos qui ressemblaient à des instituteurs des siècles d'avant. Des gens charmants aux positions artistiques extrémistes. Ils l'avaient applaudie. Extrémistes mais pas insensibles à ses charmes d'oiseau fêlé.

On est partis quinze jours dans la capitale allemande. On a picolé, bien mangé, on s'est drogués et on a marché en kiffant les fresques street-art. L'amour rend un peu niais. On s'est fait pointer au Berghain, la boîte de nuit sélecte de Berlin, plantée dans une friche industrielle. Les physios ne m'ont jamais apprécié. Et on a fini la nuit dans un kebab. Le lendemain on a déambulé main dans la main au marché aux puces de Mauerstrasse. Dans les bras de Clara, j'oubliais cette jeunesse-labyrinthe où j'avais fini par me perdre. J'étais à nouveau le fils de Fred. Une femme qui n'avait jamais cessé de se battre. Pour les intellectuels algériens pendant la guerre civile et pour l'accès à la culture des classes misérables à Marseille. Je n'étais plus cette fausse crapule prête à mordre pour défendre une histoire créée de toutes pièces. Au milieu de ce marché aux puces berlinois, j'étais enfin prêt à m'ouvrir à autre chose.

J'ai acheté des photos de l'époque de la RDA, elle une veste second-hand qu'elle portait bien. On y était presque. On avait un plan appart sur Höhenstrasse. Une sous-loc laissée par le leader d'un groupe de Berlinois qui partait en tournée internationale. « ThePuppetsThugShow ». Une dizaine de mecs qui avaient monté un spectacle hip-hop avec des marionnettes qui rappaient en anglais. J'ai toujours trouvé un peu ridicules les groupes qui décident de chanter en anglais. Cette sous-loc, c'était le plan d'une vieille amie à elle, une Marseillaise qui vivait là-bas et essayait de faire de la musique. Cette fille dégageait une grande confiance en elle. Et la confiance en soi, c'est vital dans une aussi grande ville. À notre retour à Marseille, ma libido de départ pour Berlin n'est jamais revenue.

Y avait des arguments : le froid – les trottoirs trop larges – le gris du ciel – les Allemands qui t'écrasent parce que tu marches sur leur piste cyclable – laisser ma mère.

Clara a été admise au Conservatoire national de Paris, elle était super heureuse. Perso, je comprenais toujours rien à cette musique faite de sons collés les uns aux autres. Elle avait acheté un piano déglingué à Emmaüs et lui avait foutu des capteurs sur les cordes. Elle s'était ensuite mise à composer sur ordinateur. Le mardi soir, elle me traînait dans des concerts d'électroacoustique. On y retrouvait toujours les mêmes chauves. On passait des heures à écouter des fourchettes tomber par terre et des bulles d'eau remonter à la surface. Est-ce que j'étais obligé de m'infliger ça ? Le monde de Clara, c'était celui de ma mère. Elle qui m'avait rendu allergique à ces formes d'art conceptuel. Ma mère et ses poètes du Centre de la Prose. Il leur arrivait de faire des performances dans les rues du quartier. Des *interventions*, ils appelaient ça. À l'époque, ça faisait un peu commando. Moi, je disparaissais, transi par mon taux de honte dans le sang. Les potes, y me laissaient tranquille avec ça. Dieu sait qu'y avait moyen de me chambrer, sur vingt générations. Le jour où ma mère s'était roulée par terre en scandant un poème, Ichem avait lancé un « Nhar Sheitan », comme pour me dire : « Le diable est partout. Pour toi aussi, Stress, la vie n'est pas facile, mais t'inquiète, on est là frangin. »

Clara est partie vivre à Paris et je suis resté à quai. Depuis Marseille, je l'ai vue se transformer. Paris réinitialise les disques. Elle a poncé les dernières imperfections. Une marque de fringue trop voyante, ou son petit accent de la fille qui a grandi à Vauban, au pied de Notre-Dame-de-la-Garde. Direction la sobriété bourgeoise. Je suis sorti de sa vie comme on enlève un navet de son couscous. J'ai suivi ça en direct, sur Facebook. Je l'ai vue en photo au bord du canal Saint-Martin. Dans une grande gabardine kaki et sur un vélo électrique. Je l'ai vue boire son vin naturel, sourire à son mec en enfouissant son visage dans son col, rue de Charonne. Descendre les escaliers du métro rue des Boulets, changer à République et taper leur digicode. Je l'ai vue, cette série de clichés, comme un blédard sans visa dans une cabine de cybercafé à Alger. Marseille me pègue aux doigts. C'est un gâteau tunisien cette ville. Ici, j'ai ma petite identité, pleine de bleus à l'âme. Ça me demandait trop de courage de sauter dans le vide géographique. J'avais peur, en allant à Berlin, de perdre mon fonds de commerce. J'ai flippé.

Derrière Saint-Charles, c'est la gare routière et ses bus qui giclent vers l'arrière-pays toutes les quinze minutes. Sur le chemin, deux snacks avec des cordons-bleus qui tirent la langue et des croque-monsieur qui font pitié. Plus bas, des associations africaines : rideau blanc, lumières au néon, affiches de concerts de soukouss, chaises et tables en plastique.

Puis le boulevard National et son tunnel – qui est beau sans le savoir. Une gueule à faire du cinéma. Après ça remonte, rue Guibal, vers la Friche la Belle de Mai – une ligne droite aride, sèche, qui longe la voie ferrée et la caserne des pompiers. Les casernes, elles ont le truc pour te foutre la mauvaise ambiance. Au bout, le Pôle Média et quelques fans de la série *Plus belle la vie* qui grattent en plein cagnard des autographes à la sortie des artistes. Je m'y ferai jamais.

Dans cette rue, les soirs de week-end, des Venants reviennent, tête baissée, des soirées électro du toit-terrasse de la Friche la Belle de Mai. Ces dernières années, les programmations électro-art-contemporain-fooding se sont imposées dans le paysage culturel de la ville. Marseille a remonté ses seins pour plaire au Venant qui déchire la nuit à coups de carte bleue. En 1992, les créateurs de la Friche étaient des chercheurs d'or qui apportaient le feu de la culture sur un caillou aride. À l'époque, dans les couloirs de cette ancienne manufacture, ça sentait le filtre à café et les dessous de bras. En 2013, Marseille est élue Capitale européenne de la Culture et la Belle de Mai devient une institution qu'on regarde de loin, comme une forteresse. Les odeurs d'herbe qui s'échappaient des concerts de rap et les effluves de pastis des studios ragga occitan ont laissé la place aux comptoirs logotypés Absolut Vodka, aux traces de cocaïne sur les cuvettes des chiottes et aux catalogues d'art contemporain. Et moi, sérieux, ça me va bien comme ça.

À Marseille, c'est à la Friche qu'on donne rendez-vous pour les projets artistiques sérieux. Pour se faire aider, ou plutôt, « pour se faire accompagner ». Musique, cinéma, radio, art contemporain, des emplois subventionnés s'y baladent à toute heure de la journée, en disant fort qu'ils « se rencardent » pour s'en parler. Je suis toujours partagé entre l'envie de m'en faire des potes et leur cracher dessus. Ado, c'était une insulte de ressembler à un mec de la Friche. Ce qui pouvait cacher une certaine jalousie. Voir l'autre prendre le tournant, changer de style, alors que toi tu filais droit vers une vie au smic, faite de week-ends téléréalité, de PMU et de T2 semi-récent.

J'ai rendez-vous aux Grandes Tables, la cantine de la Friche, hauts plafonds et flyers à l'entrée. Les bruits de la cuisine se mêlent aux conversations de la pause-déjeuner. Quelques tables remplissent un peu l'espace style indus avec sol de béton ciré. Des coupes de cheveux osées, des technicos aux avant-bras musclés, des programmateurs, administrateurs, chargés de com ou de production, et des pontes de la culture qui ressemblent à des vieux socialistes faussement négligés. Johanna me fait signe de la main tout en continuant sa conversation. Je m'approche, fais un salut timide et attends.

— Bon ! À plus ! De toute façon on s'en parle vite. Bises… Bonjour, Stress ! Dis donc, tu es à l'heure. Viens, on va attendre Jérém, il vient de me texter, il arrive, qu'est-ce que tu bois ?

On pose nos culs à côté des techniciens. Des machinos aux mains sales et sueur sur le front. Rien ne semble les toucher, ils ont la peau épaisse.

— Comment tu vas, Stress ?

Johanna porte une minijupe en jean, un polo blanc et une paire de Converse. Propre sur elle.

— Ça va… et toi, depuis la dernière fois ?

— M'en parle pas… on a fini à dix heures du mat.

Elle est nerveuse, elle a des petites marques rouges sur le visage.

— Ah bon, et où ?

— Oh, un after, y avait des potes à toi. Sam et un mec qui fait un truc sur le street-art.

Elle passe sa main dans les cheveux, tente de leur donner un peu de volume.

— Je suis jamais invité à ce genre de finissage.

— Tu dois pas leur inspirer confiance.

— Sûrement…

— Et sinon, tu as avancé sur ton projet ?

— Plus ou moins… Surtout dans ma tête.

Je déteste ce que je viens de dire.

Jérémy débarque, un dossier à la main.

— Salut, désolé, j'ai un peu de retard.

Il me tend une main large et molle. Un courant d'air me fait goûter son odeur aigre. Puis, en levant le bras :

— Aziz, tu me mets un café s'il te plaît ?

Comme s'il était chez lui.

— Alors c'est toi, Stress ?

— Alors c'est toi, Jérémy ?

— Ah-ah, oui, c'est moi, qu'il me répond sans me regarder. Je vous préviens j'ai pas beaucoup de temps.

— Ça tombe bien, moi non plus.

J'ai déjà envie de lui insulter sa mère. Johanna n'a plus de salive. Le serveur arrive avec le café. Un café avant de manger. Drôle de type.

— Tu me mets un plat du jour, Aziz ! Et pour vous ?

— Ramenez-moi la carte, s'il vous plaît.

J'ai envie de faire chier.

— Alors ? C'est un projet de fiction ?

— Oui…

— Ah bon je croyais que c'était un docu ?

— Alors pourquoi tu me parles de fiction ?

Ça y est, je le tutoie. Johanna se planque derrière un sourire nerveux.

— Écoute, je vais pas y aller par quatre chemins, nous on produit quasiment plus rien cette année.

— Quasiment ou plus rien ?

— Plus rien, à vrai dire.

— OK… ça aura été encore plus rapide que je pensais.

Jérémy est trapu et fragile, d'un blond paysan. Ses cheveux maigres collent à son front rouge. Il dégouline de la barbe et ses petits yeux sont gonflés de fausse modestie. Sa chemise, aux motifs répétitifs de petite bouteille de soda colorée à la Warhol, est trempée aux aisselles. Une friperie. Très mal portée. Il poursuit :

— Écoute, c'est pas exactement ça. Johanna m'a parlé un peu de ton projet. Mais on a eu des coupes budgétaires importantes cette année.

L'année dernière, leur boîte de production s'est plainte d'un déficit de 150 000 euros. « La Culture est en danger ! » Pourtant, ils avaient lancé sur Facebook un appel à participations. Pour ouvrir un cinéma alternatif dans le centre-ville et sauver leurs huit emplois à temps plein et leurs trois emplois aidés.

Je me dégoûte un peu et je lâche un :

— Ouais je sais.

— Attends, on reprend depuis le début, qu'il me fait. On est toujours à l'écoute, surtout pour des projets marseillais, c'est quoi exactement ce film ?

Sur le coup, je m'attends pas à ça.

— C'est une comédie musicale.

Johanna et Jérémy éclatent de rire.

— Mais tu voulais pas faire un docu-fiction ? demande Johanna.

— Oui, c'est un docu-fiction comédie musicale.

Jérémy reprend son sérieux :

— OK, vas-y, continue.

— C'est une comédie musicale raï, rap, variété française, italienne et chant corse.

Ils se regardent et explosent à nouveau de rire. Jérémy s'arrête net. Djamel avait aussi cette capacité à arrêter net son rire, comme on éteint le feu de la gazinière.

— C'est quoi le pitch ?

— C'est l'histoire d'un groupe d'amis qui a explosé dans les années 90 avec la réhabilitation du quartier du Panier.

Je marque une pause. Je lui laisse la main.

— Comment ça, a explosé ?

— Les embrouilles entre eux, la réhabilitation du quartier qui les a poussés en périphérie, et le passage à l'âge adulte.

Il a l'air dedans.

— OK, et tu t'y prends comment ?

— Je fais revenir les gars dans le Panier d'aujourd'hui, les fais parler du quartier, des liens qu'ils avaient entre eux à l'époque, et rejouer des scènes de leur adolescence. Comme dans une performance d'art contemporain. Tout ça au milieu des touristes et des marchands de souvenirs. Comme s'ils avaient encore 16 ans et qu'ils vivaient ici.

Le serveur revient.

— Finalement, je vais prendre un plat du jour.

— Moi aussi, dit Johanna.

Je me sens mieux. Laisse parler les artistes et ils te mangent dans la main. C'est le vrai pouvoir de ces gens-là, qui accompagnent, qui programment, qui produisent. L'écoute.

— Bon, tu sais, ton projet ça peut être intéressant, est-ce que tu peux nous faire un petit dossier, une lettre d'intention, un synopsis, un truc rapide ? Je vais en parler à un pote qui bosse au CNC pour voir si on peut présenter une aide à l'écriture, pour commencer.

Les fameuses connaissances au CNC. Le Centre national de la cinématographie, sans qui rien ne se fait. Ils se connaissent tous dans ce milieu : les producteurs, les subventionneurs, les distributeurs, les jurys de festivals. Et toute notre foutue éthique, toute cette haine de « C'est des enculés, y se programment tous entre eux ! Et avec nos impôts ! », tout vole en éclats quand le système tourne en notre faveur. Je dis : « Oui bien sûr, je vous fais ça rapidement. » Je sens descendre le long de ma colonne cette petite vibration de plaisir. Il regarde Johanna :

— Vous voyez ça ensemble.

Ses yeux de carpe se sont entrouverts. C'est pour ça que ces mecs existent, pour décider de ce qui peut exister.

— Si tu soignes ton écriture en axant bien contemporain, limite expérimental, on pourra même le proposer au directeur du FIF.

Peut-être qu'il devrait fermer un peu sa bouche maintenant. Les plats arrivent. Des lasagnes.

— Tu nous ramènes du pain s'il te plaît, Aziz ?

Je crois que j'ai jamais tutoyé un serveur et je supporte moyennement qu'un autre le fasse. Jérémy s'apprête à mettre son premier coup de fourchette quand il me relance :

— Dis-moi, ce groupe d'amis, tu peux nous en parler un peu ?

Il est plus fort que je pensais.

— La plupart, ils sont originaires du Panier mais ils viennent du bled ou d'ailleurs.

Il me coupe :

— C'est pas des Marseillais ?

— Et toi, tu es marseillais ?

— Ça fait quinze ans que je vis ici, je me considère un peu comme marseillais, oui.

— Eux, ils se posent même pas la question.

— C'est-à-dire ?

— Marseille, c'est eux !

On se met à manger. C'est fou l'effet d'une part de lasagnes.

— Et qu'est-ce qu'ils font maintenant ?

Je finis ma bouchée. Je me nettoie la bouche avec une serviette.

— Chauffeur de bus, agent de sécurité, dealer, RSA.

Il se sert de l'eau.

— Et jeunes, ils faisaient quoi ?

— Des conneries.

Il sourit.

— Quel genre ?

— Des bagarres, des vols, des cambriolages, un peu de trafic de shit.

— Et pourquoi faire un film sur eux ?

— T'es allé au Panier dernièrement ? Tout a changé. De leur jeunesse, il ne reste plus rien. Maintenant quand on me parle de la gentrification de la Plaine, honnêtement ça me fait sourire. Prends une photo de classe dans une école maternelle du Panier d'aujourd'hui et une photo de la même école il y a trente ans et tu verras !

Pratiquement plus aucun Arabe ou Noir. C'est comme si on avait effacé un écosystème, tranquille, en silence.

Il prend un bout de pain, sauce :

— C'est le genre de projet que j'aime.

On se dira quasiment plus rien. Des banalités sur un film qu'ils ont produit et que j'ai vu : deux jeunes filles qui se retrouvent en désintox. Avec des têtes à sortir du Cours Florent.

En dehors du quartier, on n'était plus personne. Certains d'entre nous ne quittaient pratiquement jamais la place des Moulins. Et quand on réussissait à s'en échapper, pour aller à la plage ou faire les magasins rue Saint-Fé, on avait des visages de chiens inquiets. Cet après-midi-là, le soleil faisait briller Notre-Dame comme une chevalière plaqué or et le goudron du Vieux-Port transpirait du front. On marchait en petite horde désorganisée, plissant les yeux. Kassim était au milieu, il prenait de la place avec sa démarche de chef de tribu. Nordine avait des pas rapides de complexé : il décrochait du groupe et se rabattait comme un bus scolaire. Ichem marchait torse nu, il étendait au maximum ses courtes jambes et roulait des épaules. Le poste était posé sur son trapèze droit, façon clip de boys band.

Il crachait fort du Cheb Hasni et Ichem accompagnait les paroles avec des mimiques de gonzesse qui venait de se faire larguer. Ange s'est mis à maronner à voix haute :

— Vas-y, change ! Elle m'a gonflé ta musique d'Arabe !

Ichem a attrapé la joue de Ange tout en reprenant le refrain : « Mon cœur a envie de se marier avec toi ! »

— Vas-y, lève ta main, a dit Ange, le gadjo y vient de se branler et y me touche la joue !

— Haindik, Ange, tu vas tomber enceinte, c'est puissant le sperme d'Algérien, je lui ai dit.

Avec Ange, on maîtrisait quelques mots d'arabe qu'on plaçait comme la sauce blanche sur les frites. Ange arrivait même à faire des phrases. Son jeu, quand il croisait le père de Nordine ou la mère de Djamel, c'était de se faire passer pour un Kabyle. Et ça marchait. Ange, il poussait loin le mimétisme.

— J'espère que ce sera une fille. Je l'appellerai Rachida. Elle me servira pour le ménage ! m'a lancé Ange.

On a rigolé fort à la gueule de Ichem et Nordine. C'était bon, le racisme consenti.

On est passés devant l'arrêt du 83, le bus des plages. L'été, à l'intérieur, c'était une paëlla. Le peuple s'y entassait et le bus dégueulait toutes sortes de maillots de bain colorés à chaque plage de la Corniche. Les mecs de la RTM, la Régie des transports marseillais, se plaçaient aux stations stratégiques avec des maîtres-chiens. Le contrôleur marseillais a le front luisant et le torse bombé, il transpire le gel et la confiance en lui. Ichem les a regardés de biais.

— Fils de pute de contrôleurs.

Il avait pris un mois de taule à cause d'eux : pas de ticket – pas de papiers – ils ont appelé les flics – un morceau de shit sur lui – un mois ferme – pour situation irrégulière. Ichem dira que c'était à cause du shit. Pour les papiers, moins les gens en savent, mieux c'est.

Au procès, il se cachait la figure avec ses mains et des larmes coulaient entre ses petits doigts. Quand on est allés le chercher à la porte de la prison pour mineurs de Luynes, il avait l'air de sortir d'un centre de remise en forme.

— Sérieux, on va marcher, les gars ?

Djamel s'est arrêté devant l'abribus. Il était torse nu, maillot de bain à fleurs, paire de Air Max vertes comme sa casquette Lacoste, et serviette blanche enroulée autour de sa taille. Un beau gosse, qui l'ignorait un peu. Il avait l'élégance de ceux qui ont les jambes longues. Dans sa sacoche Longchamp, c'était le communisme : carte d'identité, carte Vitale, carte de bus gratuite obtenue grâce à sa pugnacité administrative, et un paquet de Marlboro presque plein. Dans le plastique du paquet de clopes, des feuilles courtes OCB et deux joints de pollen : un qu'il partagerait à un moment stratégique en veillant à mettre les trois quarts du shit en début de pétard, et un qu'il coffrerait pour le soir, quand il serait seul dans sa chambre d'enfant, chez sa mère.

— Oh les gars, venez, on prend le bus !

Le groupe a continué d'avancer sans rien dire. Toujours faire sentir que personne n'est important. Que toutes les pièces peuvent être changées. Comme sur une Peugeot du bled. Djamel était mon plus vieux pote. On avait bouffé des pâtes ensemble à la cantine de l'école des Accoules et on s'était suivi jusqu'au collège. Après, moi j'étais allé au lycée et lui, il était parti faire un de ces BEP électro-machin qui te faisait croire que t'allais devenir ingénieur alors que t'allais juste finir en pièces détachées à la casse du marché du travail.

Arrivés aux Catalans, on s'est arrêtés devant la balustrade qui domine la plage. On a maté les filles aux cuisses dorées. De regarder toutes ces filles, à Nordine, ça lui donnait faim, comme devant les poulets qui tournaient dans les rôtisseries de la rue Nationale.

— Stress, regarde comme elle est bonne, elle !

— Oh Nordine, ça fait combien de temps que t'as pas niqué ? La prochaine, tu vas la séquestrer !

— Pourquoi tu parles fort, Stress ? Tu fais remarquer…

La plage des Catalans avait gardé sa figure d'ancienne plage payante. Le Cercle des nageurs, le club de volley, le Vamping et les restaurants. Le Marseille des Corses et des Italiens, les Arabes d'avant, qui s'étaient bien chauffé la place, et qui étaient pas prêts à asseoir leurs gros culs sur leurs privilèges.

Pour nous, c'était Malmousque ou le Petit Nice. Pour dissimuler nos corps complexés entre ces rochers qui n'appartenaient à personne, boire nos Heineken et fumer nos pétards tranquilles. Une plage de sable nous exposait trop aux malheurs.

On a longé la rampe de la Corniche comme un peloton de cyclistes. La Corniche est une belle femme qui te sourit même si t'as une gueule mal faite. Le groupe s'est étendu sur dix mètres. On marchait en regardant la mer s'éclater contre le rivage en contrebas.

— Oh Ichem, tu sais nager au moins ? Franchement, c'est pas moi qui irai te chercher. Un de moins !

Ange rigolait fort de ses propres blagues. Il était son premier spectateur.

Au niveau du Petit Pavillon, un bar qui s'accroche aux rochers, on a maté le ponton en bois sur lequel étaient alignés des matelas à 200 francs la journée. Des gonzesses y faisaient du seins nus, accompagnées de mecs aux cheveux noirs plaqués en arrière. Entre les matelas, dans des bacs à glace, étaient plantées des bouteilles de bandol.

Avec Djamel, on s'est accoudés à la rambarde. On profitait du spectacle.

— Si je gagne au Loto, je lui ai dit, je rachète ce bar et je vous fais tous travailler dedans. On ouvre un restaurant et tous les soirs on fait bordel.

— Wallah, tu parles bien là, Stress. On fait un restaurant cuisine française. Mais bien. Pour les bourgeois.

J'ai pas répondu. Je connaissais trop Djamel pour savoir que sa vision des choses était très différente de la mienne.

— Et pourquoi on essaie pas d'ouvrir un truc à nous, toi et moi ? On n'a pas besoin de gagner au Loto, a continué Djamel.

— Vas-y, donne-moi une clope, je lui ai répondu.

Il fallait parfois couper court.

— C'est pour rouler un joint ?

Chez Djamel, rien n'était gratuit.

— Vas-y donne !

Arrivés à Malmousque, on est passés tous les deux devant pour prendre les meilleurs rochers : l'orientation du soleil, la place pour s'allonger, la distance avec l'eau, la possibilité de caler sa bière, d'être avec le groupe sans le subir. Djamel et moi, on était deux calculateurs. Kassim est descendu vers la petite crique, devant les baraquements des légionnaires en vacances, et Nordine l'a suivi. Il y avait entre Nordine et Kassim une relation qui nous dépassait tous. Leurs gestes et leurs paroles ne trahissaient aucune forme de caprice ou d'immaturité. Comme si Nordine et Kassim n'avaient jamais été enfants.

Au milieu de la crique, une petite plage de cailloux, et de chaque côté, deux bras de rochers qui s'avançaient dans la mer. On s'est installés sur le bras gauche. Sur la plage, y avait deux Venants chevelus, trois filles et un légionnaire blond, en moule-bite.

Ange a posé sa serviette sur le rocher le plus haut. Il a gardé son tee-shirt, son bas de survêtement, ses baskets et ses longues chaussettes blanches. Il a commencé à se ronger les ongles. La plage, c'était pas son truc.

— Tu vas rester comme ça, la blonde ? a dit Ichem.

— Je crains le soleil, tu le sais, a répondu Ange avec une voix pour faire de la peine.

— Wallah, on dirait ma cousine du bled quand elle va à la plage ! a conclu Ichem, sans pitié.

Puis Kassim a sauté d'un rocher à l'autre et s'est jeté dans l'eau. Un gros félin qui accompagnait ses gesticulations aquatiques de cris très aigus.

— Arrête, Kassim, sur ma mère, tu vas niquer mes cigarettes ! s'est affolé Djamel, toujours au plus près de ses intérêts.

Tout le monde savait maintenant qu'on était là, et sur la petite plage les corps se sont tendus. Seul le légionnaire n'a pas bougé d'un centimètre. Ce gars-là, il avait vu du pays.

Très rapidement, tout me faisait stresser. Djamel qui s'était pris la meilleure place, Kassim qui se faisait trop remarquer, Nordine qui restait là à regarder les filles comme l'œil de Moscou et Ichem qui augmentait le volume du poste de radio. Ange, lui, souffrait du soleil, ne se baignait jamais, et attendait tout habillé que la journée passe en tirant la gueule. Il avait toujours ce besoin d'avoir le premier rôle. Et à la plage, c'était pas possible. Dans sa tête, je voyais bien que ça carburait. Ange était un mec seul. Un peu comme moi.

— Ichem, viens, on écoute un peu la mer ?

Ichem s'est marré et il m'a repris :

— « Viens, on écoute la mer. »

— Un peu de calme non ? j'ai relancé.

J'avais parfois le sentiment de ne pas être à ma place. Et puis ça passait.

— Ça va ! C'est calme le raï, Stress…

Djamel s'est levé.

— Nordine, viens, on va parler aux femmes en bas. Stress, allez !

Personne ne l'a suivi. Le groupe l'a regardé s'éloigner, entre envie et jalousie. Chez Djamel, il y avait le courage du migrant.

Le soleil est descendu, il a tanné nos peaux. Nordine s'est déplacé comme un crabe, le cul bas. Au bord du rivage, il a caressé ses jambes pleines de varices, plongé sa main, s'est mouillé la nuque et il a laissé glisser son corps. Nordine ne savait nager que sous l'eau. Quelque chose qu'on ne s'expliquait pas. Il a rejoint Djamel sur la plage. Pendant une heure, on n'a plus entendu que le bruit des vagues, les bouteilles d'Heineken qui se décapsulaient et les rires des filles. Et puis Nordine s'est levé et il a crié :

— Stress ! Viens !

— Non tranquille, je reste là !

— Viens ! Elle tchatche trop elle, faut que tu la calmes ! Viens, je te dis !

J'ai remis mon tee-shirt blanc, ma serviette autour de la taille et j'ai marché vers la plage. En arrivant devant les filles, je me suis touché la nuque. Sentir le dégradé de mes cheveux rasés à blanc me rassurait. Je portais une paire de lunettes de soleil Persol rectangulaires, un peu trop grandes, que j'avais volée chez Grand Optical, au Centre Bourse.

— Wesh Stress, t'as froid ou quoi ? m'a demandé Djamel.

— Non ça va tranquille, je lui ai répondu, anesthésié de timidité.

Je me disais souvent que Djamel était quand même un bel enfoiré. Je me suis assis à côté de lui, il chuchotait à l'oreille d'une fille allongée. Leurs corps se touchaient. De l'autre côté Nordine en draguait une autre qui avait gardé ses distances. Elle portait un pagne africain bleu turquoise avec des perles, qu'on trouve à bas prix sur les marchés. Elle avait une tresse colorée qu'on peut se faire faire sur le stand d'une station balnéaire de la Côte d'Azur, la nuit, en mangeant des churros. La troisième fille était une petite brune potelée. Elle avait fermé son joli visage et fixait la ligne d'horizon. Sa manière de tenir la cigarette n'était pas naturelle.

— Oh Stress, parle avec elle s'il te plaît ! Zarma, elle est actrice la gadji, m'a dit Nordine en montrant la fille au joli visage.

— Elle est pas actrice, elle fait des études de cinéma, a repris la fille à la tresse.

— Ça va ! Actrice ! Réalisatrice ! C'est pareil ! a dit Nordine qui savait très bien faire la distinction.

La fille, elle, continuait de tirer sur sa Marlboro Lights sans rien dire. Les fumeurs de Marlboro Lights sont des tièdes, ils ne font les choses qu'à moitié. Le sens de l'observation et les a priori, je tenais ça de ma mère.

— Tu les fais à Marseille tes études ?

J'avais décidé d'être gentil.

La fille s'est levée, et sans me regarder elle s'est avancée vers la mer. Elle se déplaçait avec une fausse assurance. J'ai remarqué les petites rougeurs que les cailloux lui avaient laissées sur les fesses et qu'elle a balayées avec le revers de sa main. Elle est entrée dans l'eau, sans changer de rythme. Au lieu de voir là-dedans une fragilité, moi je ne voyais que du calcul et un manque de naturel.

— Tu trouves pas qu'elle ressemble à une Arabe ? m'a demandé Nordine en montrant la fille à la tresse.

— Non. Toi, tu ressembles à un Arabe, mais pas elle !

J'étais un peu fatigué par les mêmes répliques que sortait toujours Nordine devant les filles.

La fille au pagne s'est relevée et m'a regardé avec dédain.

— En tout cas, toi, tu ressembles à un vrai cul blanc, elle m'a dit.

— Ça tombe bien, c'est ce que je suis, je lui ai répondu.

— T'es quoi toi en fait ? Une fausse caillera ?

— De ta tresse et de ton pagne du marché de la Plaine, on en parle ?

— Elle est congolaise, a ajouté Nordine en se marrant.

— Tu prends des cours de danse africaine ? j'ai continué.

— Ça va la fausse caillera, va jouer, a dit la fille.

Djamel a rigolé en traître et j'ai senti mes nerfs partir à la nage.

— Écoute-moi bien, je t'ai laissée m'insulter une fois, maintenant ferme ta bouche si tu veux pas que je te nique ta mère la pute, t'as compris ?

— Tu peux dire à ton pote de se calmer ? a dit la fille en se tournant vers Nordine.

— Ah c'est normal, tu l'insultes, y t'insulte, a répondu Nordine.

Le légionnaire, un grand blond avec des muscles partout et une coupe de cheveux à accepter une mission, est intervenu :

— Ça va, madame ?

Djamel a rigolé fort et refait l'accent de l'Est du légionnaire avec une voix de robot : « Ça va, madame ? »

— Ça va, madame ? a insisté le légionnaire.

— Oui ça va, merci ! a répondu la fille.

— Attention, Stress, Terminator va noyer toi ! et Djamel s'est étouffé dans son fou rire.

L'autre fille est revenue, d'une brasse lente et régulière. Au loin Hasni continuait de miauler son raï. Elle est sortie de l'eau et a tracé direct vers sa serviette. Sa peau était perlée de gouttes salées. Elle s'est allongée. Je ne la supportais plus, la fumeuse de Lights.

— Sérieux, tu fais quoi comme études ?

— De cinéma, elle a répondu sans me regarder.

— T'es à la fac ? Tu fais la Femis ?

— Non, un BTS Audiovisuel.

Elle avait un accent d'ici, de villageoise. Elle devait venir d'une de ces petites villes d'à côté, qui servent à rien, sinon à y foutre des usines, des centres commerciaux et à voter FN. Ses parents devaient avoir une villa plain-pied avec piscine, sous un couloir aérien.

— Et tu veux faire quoi ?

J'avais décidé d'aller au bout du rien.

— Réalisatrice, m'a dit la fille avec le dédain d'un gâteau de soirée.

— Réalisatrice ? Rien que ça.

— Rien que ça, elle m'a répondu sèchement.

— Alors c'est quoi tes références de films ?

— Pourquoi tu veux savoir ça ?

— Moi c'est *Rocky 3*, a dit Nordine en rigolant.

— Je sais pas, comme ça, je lui ai dit. Ça m'intéresse.

— *Le Grand Bleu*, m'a répondu la fille.

— Ah OK, j'ai dit avec mon air le plus méprisant.

Cette fille, c'était la populace qui faisait chier avec ses banalités et ses certitudes.

— *Le Grand Bleu* c'est le gadjo qui nage avec les dauphins ? a demandé Nordine. Ah franchement, il est beau ce film.

— C'est quoi tes références à toi ? m'a demandé la fille.

Ma mère m'avait traîné au Miroir toute ma jeunesse, le petit cinéma de quartier encastré dans l'aile gauche de la Vieille Charité, qui passait des rétrospectives. Elle m'amenait aussi dans les vernissages d'exposition et aux Beaux-Arts de Marseille et d'Aix où elle donnait encore quelques cours. Des journées entières à se balader dans les ateliers d'artistes. Quand elle organisait des dîners, j'étais le seul gamin autour d'une table où poètes, écrivains, plasticiens, cinéastes ou journalistes buvaient du rouge et fumaient clope sur clope. Toutes ces références bouillonnaient en moi comme une lave chaude.

— Je sais pas, moi… Visconti, Bergman, Satyajit Ray, Kiarostami, Pasolini…

— Connais pas.

— Ça m'étonne pas que tu connaisses pas.

— En fait Pasolini, je crois que j'ai déjà vu. Mais j'aime pas. C'est chiant.

— Ah ouais…

Un ouais pour dire que pour moi le pire était là, devant moi. Cette fille qui claquait la porte de l'effort et fumait des Lights.

— En fait c'est ça, t'es un petit-bourgeois, a lancé la fille au pagne.

— Ferme ta gueule, Fatoumata ! j'ai lâché froidement.

J'étais presque déçu que tout s'arrête trop tôt, finalement assez à l'aise dans ces petits chemins qui ne menaient à rien.

— Fatou la Malienne, a rigolé Nordine en se levant pour me suivre.

— Wesh, Stress ! Nordine ! Vous allez où ? a demandé Djamel.

— On rentre au quartier.

J'avais mis fin à ce moment et j'étais déçu que tout s'arrête trop vite. Tout cela ressemblait à des petites tentatives de suicide social. Ma mémoire était marquée de ces automutilations. Je ne parvenais jamais à me poser, respirer et laisser venir. Fallait que je la ramène avec un intellectualisme un peu creux, que j'étais trop content de dégueuler à la face de victimes faciles. Un spectacle que personne ne comprenait. Je m'agitais toujours à rendre l'eau, autour de moi, encore plus trouble. Et puis surtout, j'avais jamais réussi à parler aux femmes.

Chez ma mère, ça sentait la litière à chat, le pain de seigle et les livres. Depuis la cuisine, la ville ressemblait à une jeune fille délicate. Notre-Dame-de-la-Garde te regardait de haut et elle portait le Vieux-Port en robe de dentelle mazoutée. Ce dimanche, j'étais plongé dans mon bol de céréales. Pas le temps de regarder passer les bateaux de pêche. Les céréales, ça demande de la concentration. J'étais dans ma période Smacks. On les mange comme des Miel Pops, noyés dans beaucoup de lait demi-écrémé. Et rapidement, avant qu'ils deviennent visqueux. Fred mastiquait à pleines dents une tartine au beurre salé. L'ouverture de son peignoir laissait entrevoir ses deux omoplates et la peau flétrie de son buste. Ses cheveux bouclés, coupés court, formaient une boule vigoureuse, pas coiffée. En se resservant du thé, elle lisait, avec des loupes sur le nez, le texte d'un ami, un poète congolais décédé l'année précédente. Un jour, dans les escaliers de la montée Saint-Esprit, elle m'avait annoncé en prenant son air le plus accablé :

— Au fait. Blaise est mort. Je te dis ça parce que je sais que tu l'aimais bien.

Ma mère mettait en scène ses propres drames.

Elle avait fait venir ce poète de Brazzaville pour animer des ateliers et l'avait hébergé deux semaines à la maison. J'avais bien accroché avec ce petit homme timide qui souriait toujours. Il avait l'air de se foutre un peu de tout et aimait le foot. Un mec simple. Ça changeait des fréquentations de ma mère. Quand elle m'avait annoncé sa mort ce jour-là, j'avais répondu :

— Ah bon ? De quoi ?

Mon manque d'empathie l'avait mise hors d'elle. Elle m'avait répondu froidement :

— Du sida.

Le sida, entre potes, on n'en parlait jamais. On voyait bien maigrir les toxicos de la place de Lorette et on savait qu'un Comorien de la rue du Poirier, un mec qui sautait sur tout ce qui bougeait, en était mort. Un jour, avec Ichem, on avait cambriolé une espèce de Venant. Un gars du Nord un peu punk qui vivait comme un demi-clodo avec ses deux chiens, juste en face du local des Winners, le club de supporters de l'OM. On lui avait volé un écran d'ordinateur et un tourne-disque vinyle. Le mec s'était pointé sur la place des Moulins, on était tous en train de taper un foot. Il s'est approché de nous, a sorti un couteau qu'il a posé sur ses veines et nous a gueulé dessus.

— Rendez-moi mes affaires, bande d'enculés ! J'ai le sida !

Je me rappelle plus si on lui a rendu ses affaires. Mais de cette histoire, on n'en a jamais plus reparlé. Cette maladie, notre génération avait grandi avec, tout en l'ignorant. Elle était inscrite en nous comme le monstre de ta chambre d'enfant que tu veux pas regarder en face.

Ce soir-là, Fred organisait une soirée hommage à Blaise au Centre de la Prose. Elle y faisait une lecture de ses poèmes. Quand elle assimilait un texte, Fred prenait une voix mécanique de caissière. « De mon odeur de foutre, mes amis, je vous insulte à reculons. » Elle s'est arrêtée net, a levé la tête et m'a regardé avec insistance, comme si elle ne m'avait pas vu depuis des années. Les loupes doublaient la circonférence de ses petits yeux bleus :

— Tu t'es encore fait massacrer ? Qu'est-ce que vous avez tous à vous raser la tête ? À la limite, Ange, ça lui va, il a l'air de sortir d'un film de Ken Loach. Mais toi ! On dirait que tu reviens des camps de la mort.

Elle a continué à mastiquer son texte, « J'ai mangé les murs, craché la foudre et le sang a filé », et s'est arrêtée de nouveau.

— Tu vas passer au Centre ce soir ? Passe ! Ça t'ouvrira un peu la tête. Blaise t'aimait bien.

Ça faisait longtemps que je ne venais plus aux événements organisés par Fred. Après m'être fait virer du lycée pour avoir tiré sur la prof d'allemand avec un pistolet à billes, j'avais réussi à avoir mon bac, en candidat libre, au rattrapage. « Il ne le doit qu'à son intelligence », avait dit Fred. Quelque part elle était fière de moi, mais pas de ce que j'étais devenu. Je m'étais lentement laissé dériver vers la petite délinquance. Et je m'y sentais bien. Fred avait essayé de me bouger un peu mais « quand les gens ont décidé de jouer à être cons, eh ben, ils finissent par le devenir. Et quand ils le sont, y a pas grand-chose à faire pour les en sortir. Encore moins si t'es leur mère ». Pour elle, je nageais au large, dans une mer de bêtise. Elle s'était faite à l'idée que si son fils avait envie un jour de revenir vers elle, ça serait par ses propres moyens.

Après le bac, je m'étais inscrit à l'université, à Aix, en sociologie. Le bus tous les jours, les polycops à récupérer, les amphithéâtres à trouver… Je préférais passer mes journées là où j'avais pied : sur les bancs de la place des Moulins, avec mes potos, à parler de rien et à rire comme des Cro-Magnons. Fred n'en pouvait plus, elle avait de plus en plus le sentiment de vivre avec un étranger, et un matin, entre deux tartines, elle a craqué :

— Ici c'est pas chez toi ! Alors bouge-toi le cul sinon c'est raus !!!

Fred aimait parler allemand. Elle avait eu une histoire avec un artiste allemand, de l'Est. Je détestais ce grand type qui s'employait beaucoup trop à être sympa. Il arrêtait pas de se plaindre de la hausse des prix, de devoir payer la piscine ou le cinéma. Il était finalement reparti vivre avec son ex-femme dans la banlieue éloignée de Berlin-Est. Il est mort d'un cancer généralisé six mois après. Fred a gardé de lui quelques expressions allemandes et cette nostalgie d'avoir un peu vécu la chute du Mur avec ce grand blond qui la faisait crier au lit.

Après les menaces de ma mère, je suis parti travailler en usine. J'ai commencé par faire des bonbons chez Haribo, puis des chips chez Provence Chips, des sandwichs-club chez Sodexo, du Smecta chez Ipsen, et à cette époque-là je faisais du pastis chez Pernod Ricard. Djamel m'avait fait entrer là-bas, en intérim. J'étais à l'étiquetage et aux cartons. Ça m'allait très bien de ne réfléchir à rien d'autre qu'à emballer des cadeaux pour ces millions de Français qui prennent l'apéro devant leur camping-car : bac à glaçons, parasol, sac isotherme, bob et tee-shirt. Djamel était préparateur de commandes dans les hangars et il faisait la bise au directeur de l'usine, un grand gars qui sortait d'une école d'ingénieur et passait dans les ateliers en chemise Eden Park, ses grosses fesses coincées dans un jeans mal coupé. Avec Djamel, on se retrouvait à la pause avec d'autres intérimaires aux traits fatigués, pour fumer des joints et avaler des sandwichs-club sur des palettes.

En mangeant mes céréales, j'avais la manie de lire tout ce qu'il y avait d'inscrit sur la tranche de la boîte : le jeu-concours, le taux de lipides, l'adresse du service consommateurs. Fred continuait de réciter son poème à voix basse. Elle réfléchissait à sa gestuelle, aux rythmes de diction. Peut-être commencer le texte en tournant le dos au public ? En murmurant ?

Les Rice Krispies, avec beaucoup de sucre, c'étaient sûrement mes céréales préférées. Fred a levé la main et a scandé : « Souviens-toi ! Nous reviendrons chaque soir habiter vos têtes à coups de pied. » Je l'ai brièvement regardée et je me suis replongé dans mon bol. On était dimanche et le dimanche c'était foot aux Pompiers, un petit stade sous l'autoroute, fréquenté par des footballeurs amateurs qui débarquaient de Félix-Pyat, de la Joliette, des Carmes, de la Porte-d'Aix. Une loubia de clandos, de Comoriens et de Roms. Ça sentait bon la sueur et le pot d'échappement. J'adorais ce genre d'ambiance, s'installer sur le petit muret en béton, crier « la gagne ! » et fumer des joints en attendant notre tour. Repérer le joueur intelligent qui n'en fait pas trop et s'énerver sur les cons qui font des choix de cons. Dégager quand tu peux construire, essayer de passer en force quand tu peux revenir en retrait. Je dis souvent : « Quand t'es con dans la vie, t'es con sur un terrain. »

Aux Pompiers, la gagne se jouait en trois buts gagnants, à cinq contre cinq. Soit tu gagnais et tu restais sur le terrain, soit tu allais t'acheter un Yeti à la menthe pour te rafraîchir et tu rentrais chez ta mère. Fallait avoir les crocs et envoyer les pieds. Ichem disait : « Les gars, on joue sans pitié, y a pas d'amis. » J'en ai planté des buts là-bas. Des grosses frappes dans tous les angles. On m'appelait le Sniper. Nordine, il arrêtait pas de me dire « Stress, tu sais que frapper », c'était de la jalousie. Sauf que Nordine, il savait que quand j'avais le ballon, y avait de grandes chances que ça fasse but. Une bonne journée, c'était quand on avait dégoûté tout le monde. On passait par le marché du Soleil pour se prendre deux sandwichs pour quatre et on rentrait chez nous, heureux.

Je me demandais souvent pourquoi ma mère était venue vivre ici, au Panier, dans ce grand appartement sur trois étages sans chauffage. Je me rêvais dans un T2 avec interphone, télévision et canapé d'angle. J'avais le sentiment d'avoir été jeté là, seul, à poil. Pour survivre au quartier j'avais dû travestir mon style, ma manière de parler, de bouger, jusqu'à ma démarche. J'avais gagné mon territoire : un petit bout de banc en bois pour poser mon cul. Et autour de moi, j'avais quelques animaux qui me respectaient un peu.

Depuis la rue, Djamel a sifflé.

— Stress ! Oh Stress !

En bas, les gars s'impatientaient.

Fred s'est moquée :

— C'est quand même curieux, ces jeunes qui ne font rien de leur vie mais peuvent pas attendre cinq minutes.

J'ai jeté mon bol dans l'évier et suis descendu dans ma chambre me choisir une paire de chaussures : des Adidas Gazelle, légères, profilées, idéales pour les sols goudronnés.

« *16h – Petit bain et apéro plage des Catalans, viens avec une bouteille, une chips et ta bonne humeur.* »

Un message collectif qui sent la tapenade, le houmous et la transpiration. Deux jours sont passés depuis le rendez-vous à la Friche. J'ai beaucoup hésité à appeler Johanna pour lui proposer de boire un café. Je me suis calmé en me baladant sur ses pages Facebook. Travaille chez Guacamole depuis septembre 2016. Auparavant à « Marseille 2013 – Capitale de la Culture ». Célibataire. De Lyon. Sur sa photo de profil elle est de dos, en train de regarder la mer. Une fille commente : « J'arrive !!! » Elle répond : « Je t'attends ma bichette ! » Sur son mur, une photo d'elle avec cinq ou six copines. Elles portent toutes des robes légères et le même panama blanc sur la tête. Elles posent autour d'un fût de chêne et lèvent leurs verres de blanc en l'air. La photo est accompagnée de la légende : « 3 jours au festival Yeah entre copines ! » Une autre photo : elle est devant un public de salle de cinéma, un micro à la main. En dessous un « Trop la classe ma cousine » ou « Comme t'as l'air sérieuse là ». Puis un communiqué sur la précarité des métiers de la culture, suivi par la publication d'une annonce leboncoin. La vente d'un T2-T3 très calme en plein centre de Lyon, accompagnée du texte : « Je vends mon appartement à Lyon, merci de partager svp. »

Depuis la rambarde je l'ai repérée. Johanna et ses amis sont installés sur leurs serviettes, avec leur cubi de rosé et leur pâté de campagne. Plein de gamins leur tournent autour. Les nouveaux petits Marseillais. Le Venant change la ville en poussant sur le périnée. Aujourd'hui, le soleil porte le voile et tombe entre le château d'If et les îles du Frioul. Dans l'eau, cette mousse d'évier qui échoue sur le sable en fin de journée.

À mes pieds, juste en dessous, se joue le tournoi international de beach-volley des Catalans. Tout autour des terrains, des drapeaux de sponsors qui flottent dans l'air. Le conseil général, la Ville de Marseille, la Région et des partenaires privés locaux : du café, des fringues, des bijoux, des marques de soda. En bas, dans la tribune officielle, des blondes et des peaux mates à la cuisson aller-retour descendent du champagne et sucent des glaces. Les dents blanches et les grosses montres scintillent. Le speaker pousse sur sa voix nasillarde : « Chaud ! C'est pas du sang qui coule dans nos veines, c'est de la lave ! » C'est la mi-temps de la finale femmes et ils ont fait entrer une dizaine de minots capturés sur la plage, des gosses des quartiers de toutes les couleurs. Ils serrent leurs petits poings et font partir des ballons dans tous les sens, mais tous repartent avec un cadeau : un tee-shirt et une casquette de la mairie du 1er ou du 7e arrondissement.

Sur la plage, les douches tournent à plein régime. La faune attend claquettes à la main et serviette sur l'épaule. Plus loin, c'est le coin bétonné des vieux lézards du quartier d'Endoume, aux tatouages tannés et cheveux peroxydés. Les derniers vestiges d'un temps qui n'existe plus.

Johanna m'a vu et me fait des grands signes. Je dresse mon sourire de façade et entame ma traversée de la plage. Le speaker remet ça : « C'est pas du sang qui coule dans nos veines, c'est de la lave… Chaud ! » Puis gros boum-boum d'un tube de l'été qui se répand dans l'air comme de la particule fine. Le sable est tiède, plein de mégots, de canettes de bière et de plastiques de Snickers. Quand j'arrive sur le groupe, ils lèvent tous la tête avec des sourires un peu niais. Une masse poilue et mal bronzée. Ils ont organisé des petites poubelles, et chacun a son verre en papier recyclable à la main. Johanna a l'air contente de me voir :

— Je vous présente Stress, un réalisateur marseillais.

Je m'assois à côté d'elle. Un gentil garçon, je suis. Elle a une nouvelle coiffure, avec mèche droite sur le front, tendance.

— J'aime bien ta coupe de Playmobil ! je lui dis.

— Merci… salopard !

Face à moi, un jeune couple qui pouponne un nouveau Venant. Ils sont pleins de tendresse et d'attention pour le monde qui les entoure. Ils arrivent de Berlin, lui est photographe, elle monteuse. Le garçon ferme les yeux quand il parle.

— Il fait des super portraits, me dit Johanna.

Sa copine est une jolie rousse.

— C’est une pointure, je pense que vous devriez vous rencontrer, me glisse Johanna à l’oreille.

Le jeune couple discute avec une fille blonde qui porte un maillot jaune acidulé et ressemble à une patineuse sur glace de la RDA. Quand elle parle, elle éructe.

— Le vrai scandale à la Plaine, c’est qu’y a eu aucune concertation !

Ses paroles ont l’air de jaillir sous l’impulsion de ses fesses, qu’elle fait rebondir sur ses chevilles.

— La Plaine, c’est le dernier quartier populaire marseillais. Et ça l’a toujours été. Ils sont en train de tuer ça.

À ma gauche, un journaliste que je connais, de vue. À force de mijoter dans les mêmes lieux on finit par tous se connaître. La cinquantaine bien portée, cheveux qui prennent le vent, chemise à fleurs. Un flot de paroles sort de sa bouche. Son public attend que ça passe. À ma droite, une jeune Asiatique, silencieuse et posée là, avec son sac de plage orange du Festival international du film de Marseille. Johanna me la présente.

— Mio, elle est japonaise et elle vient présenter un film au festival. Un film que l’on a coproduit. Tu parles anglais, Stress ?

— Little bit… What is the name of your film?

Elle sursaute. Ces gens ont toujours l’air de sortir d’un sommeil paradoxal. Elle me répond :

— Iromi.

— Oh, like the pianist?

— You know Iromi?!

— Yes, what’s talking about?

Je suis assez fier de ma phrase. Elle sourit un peu.

— It’s about sex and radioactivity.

Putains d'Asiatiques. Ils auront toujours le dernier mot. Johanna approfondit :

— Elle a filmé des prostituées dans la région de Fukushima pendant une année. C'est un film assez cru. Elle traite la catastrophe comme un sujet métaphysique. C'est très beau, très lent.

— Wouah, c'est beau comment tu parles ! On dirait un communiqué de presse.

— Enfoiré !

— Yes yes, fait la Japonaise en hochant la tête. And you?

— Me? Euh… Nothing. Just a film about a quartier. Comment on dit « quartier », déjà ?

— District, me répond Johanna.

— Ah oui. About a popular district of Marseille.

— Oh yes, I love Marseille, I want to see your film!

— Ah… it's just a project.

— OK. Thank you!

Je sais pas vraiment pourquoi elle me remercie. Ça doit être sa manière à elle d'en finir.

La fille qui a du mal à poser son cul sur sa serviette tourne sa tête vers moi :

— C'est sur quel quartier ton film ?

— Le Panier.

— Le Panier, un quartier populaire ! La blague !

Je me tourne vers Johanna, pour couper le son de sa voix.

— Tu veux pas qu'on aille se baigner ?

En maillot, elle a l'air plus grande. Sa peau est blanche, piquée de grains de beauté. Autour, des gamins construisent des châteaux de sable, des ados courent et s'amusent à s'envoyer de l'eau, des filles crient « Aya comme elle est froide ! » et des mecs musclés font une espèce de volley-foot : ils se jettent dans l'eau comme des otaries de spectacle.

On entre dans l'eau et on traverse le décor, de là où on a pied. Johanna plonge en avant et lance un crawl de nageuse.

— Elle est vachement bonne ! qu'elle me dit en se retournant.

— Elle est gelée !

— Arrête de faire ton Marseillais !

Je fais la planche et le monde bouge. Devant moi, au-dessus de la plage, le très privé Cercle des nageurs, son restaurant et sa piscine olympique qui dominent le peuple. Le politique marseillais à gourmette est en voie d'extinction. Quelque part, ça me rend triste. C'est la fin d'un monde. Celui des poubelles qui débordent, des voitures qui se garent n'importe où, des petits arrangements immobiliers, des fratries qui entrent au conseil général avec leur accent d'apéro. Aujourd'hui, la ville est infestée de filles qui ont du mal à poser leur cul.

— Viens, on nage un peu.

Pourquoi elles veulent toujours prendre le large ? J'opte pour une brasse, simple. Johanna fend l'eau sans effort.

— Comment tu trouves mes amis ?

— Chiants.

— T'es con.

Elle rigole.

— Fais pas attention à Alice, tu sais, la blonde, elle vient de se faire larguer par son mec, mais au fond, c'est une fille bien.

Les cons, c'est comme les artistes, on leur trouve toujours des excuses. Je sens son bras contre le mien. C'est doux, sans écaille. L'eau est calme. Je me retourne. L'Estaque, le port autonome et tous les quartiers Nord dévalent sur la ville comme une cape de ciment. Devant nous la plage parle à voix basse, à notre droite le Petit Pavillon et ses matelas à 30 euros la journée. Je me souviens de la promesse faite à Djamel il y a vingt ans : « Si je gagne au Loto, on rachète le Petit Pavillon. » Johanna me prend la main. Mes doigts glissent sur sa paume. Ses yeux verts sont mouillés, je fonds sur elle. Ma langue salée tourne dans sa bouche et je sens ses petits seins contre mon torse. On fusionne et nos jambes assurent la survie.

— Allez viens, on rentre, elle me dit.

— Ouais, on a de la route à faire !

On nage en se tenant la main et on s'arrête encore. Et c'est toujours salé et ça me file toujours la trique, ma queue est amphibienne. Johanna glisse sa main dans mon maillot et la saisit. Elle me branle en pleine mer, jusqu'à la fin, en me regardant follement, elle, ses sourcils fins et ses mâchoires carrées.

Un dimanche matin par mois, Nordine et moi, on allait au marché aux puces vendre toutes sortes de téménik récupérés à droite à gauche. Le marché aux puces est depuis toujours coincé entre la mer et les deux autoroutes qui pénètrent Marseille par les deux bouts et lui font sacrément mal. En plus d'un amas informe et coloré de fringues, bibelots et jouets d'un autre temps qu'on se traînait chaque fois, il y avait toujours une ou deux pièces sur lesquelles on projetait un espoir d'enrichissement immédiat. Ce jour-là, pour moi, c'étaient un ampli et une guitare électrique volés dans une soirée de punks. J'ai toujours été un bon voleur. Du sang-froid et un visage à tenir un cierge à l'église des Accoules le dimanche matin. Mais quand il avait fallu se les trimballer jusqu'aux puces, Nordine avait souffert.

— Jamais tu vas vendre ça, Stress, tu rends fou, wallah.

— Vas-y, avance, bourricot, j'ai répondu avec l'accent pied-noir.

Nordine, il avait toujours un avis sur tout. Cette fois-là, sa carte gagnante à lui, c'était un décodeur noir à prise Péritel, soi-disant pour recevoir toutes les chaînes gratuitement. Il avait même la télécommande.

Quand il a débarqué d'Alger, Nordine a tenu le magasin de son père au marché du Soleil, un souk juste en dessous de la gare, vers la porte d'Aix, cet Arc de triomphe version sous-développée. Vendre des costards gris à épaulettes aux chibanis, les vieux immigrés qui avaient perdu leur ticket retour pour le bled, il savait faire. Mais son idée, c'était de transformer le magasin familial en friperie. Des demandes spéciales de Venants lui avaient mis la puce à l'oreille : des chemises années 70, des casquettes Borsalino, des vieilles montures de lunettes, des blousons en cuir cintrés. Il s'était fait une petite clientèle souriante au look d'artiste avec qui il fumait la clope, et qui cassait pas les couilles sur les prix. Nordine avait une âme ouverte sur le monde. L'arrivée de ces premiers Venants, dans les années 90, c'était pour lui plein de promesses. Mais son vieux avait la peau des oreilles épaisse, il voulait pas entendre. Pour lui, c'était costards de blédard et chaussures noires, rien d'autre. Quand le marché du Soleil est parti en fumée dans un incendie, son père en a profité pour récupérer l'indemnité et construire une maison de deux étages avec une petite alimentation en rez-de-chaussée, à un kilomètre de l'aéroport d'Alger, à Kouba, là où personne n'irait jamais, sauf pour mourir.

Les puces, ça se méritait. Fallait se lever tôt et prendre le bus de nuit pour avoir la meilleure place : un morceau de goudron de huit mètres carrés derrière les hangars, côté mer. Une fois que tu avais posé tous tes espoirs à terre, les premiers acheteurs arrivaient entre quatre heures et six heures avec leur lampe de poche collée au front. Ils plongeaient dans tes sacs alors que t'avais pas encore eu le temps de bâiller. C'étaient des rats ces mecs-là. Y z'avaient pas de vie. Et ils sortaient de tes sacs des choses que tu ne pensais même pas avoir. « Combien ? – Prends 4 francs. – 1 franc. – Allez 2 francs. – 1 franc. – Donne 1,50 franc. » Ils payaient, enfournaient dans leur cabas à roulettes et disparaissaient dans l'aube comme des mange-morts. Nos sacs se vidaient, les poches se remplissaient de ferraille liberté-égalité-fraternité et le soleil se levait.

Ce dimanche-là, à notre droite, y avait la France : le père avait un tee-shirt de Johnny Hallyday, la mère des bras flasques et une coloration qui virait à l'orange. Leur fille ressemblait déjà à ses parents. Ils étaient équipés : des chaises pliantes, une table, un thermos. Ils vendaient aspirateur, fer à cheveux, revues sur la chasse, 45 tours de Bernard Lavilliers, renard empaillé, chasuble de la CGT, souvenir de la Costa Brava, verre à whisky… Le père se servait café sur café en tirant sur un cigarillo, la mère vendait péniblement et la fille était plongée dans la lecture d'un *OK Podium* de l'année dernière.

— T'as ramené ta famille, Stress ? s'est moqué Nordine à voix basse.

— T'as bon avec la fille, Nordine ! Vas-y ! Pour les papiers !

À notre gauche, deux jeunes de quartier bondissaient sur leurs jambes toutes maigres et gueulaient comme des muftis sous cocaïne : « 1 franc les deux paires ! 2 francs les cinq paires ! C'est cadeau ! »

Nordine était envieux :

— Regarde, Stress, ça marche les chaussettes !

— Ça t'irait bien ça, Nordine. Vendeur de chaussettes ! En voilà une perspective d'avenir pour toi !

En face, un stand tenu par deux barbus. Ils s'étalaient sur trois places. Des huiles, des tapis de prière, des livres et des VHS en langue arabe.

— Nordine, tu vas pas t'acheter un tapis de prière avec boussole intégrée ?

— Va parler avec les Témoins de Jéhovah qui sont là-bas… Espèce de mécréant !

Sido, un gros balaise responsable de la vente des places sur le marché, s'est approché de nous avec sa démarche de « Je suis très content de moi ».

— Repasse, on te paye après, lui a dit Nordine à sec à froid.

— Y marche le décodeur ? a répondu Sido.

— Sinon je le vendrais pas !

— Combien ?

— 400 francs.

— 100 francs.

— Laisse tomber, je le vendrai de toute façon.

— 150.

— Laisse tomber je te dis.

— Paye ta place alors, a dit le gros Sido.

— Ça va, je te paye après je te dis !

— Payez ou dégagez maintenant !

— Qu'est-ce qui t'arrive, Sido ?

— Y a pas de Sido !

— Qu'est-ce qui t'arrive espèce de gros lard ???

Je suis intervenu. Nordine, c'était une bouilloire.

— 250 et on paye pas la place, c'est bon ?

— C'est qui ce Français ? Sido a demandé à Nordine.

— C'est bon ou pas ? j'ai insisté.

— Tiens, 150 et je te donne le reste quand je l'aurai testé.

— Donne 200 et tu donnes 50 après, ça va ?

Temps mort. Puis Sido a sorti un billet avec Montesquieu le-beau-gosse dessus et a dit :

— C'est bien parce que je pars au bled demain, je reviens.

— Prends ton temps, j'ai répondu.

— Tu tchaches trop pour un Français, toi.

Sido nous a regardés l'air de dire « Vous avez pas intérêt à vous manquer » et s'est éloigné avec le décodeur sous le bras. Dans le dos de son gilet orange, y avait écrit « Staff Marché aux Puces ».

— Marocain de merde, a craché Nordine en baissant le menton.

— Vas-y, je vais chercher des cafés.

Et j'ai filé.

— Bloque pas ! Reviens vite ! il m'a crié.

Je me suis pas retourné.

Côté mosquée, le marché n'était pas encore gangréné par les vendeurs de neuf qui ont aujourd'hui aseptisé les puces. Je me sentais à ma place au milieu de tous ces restes de vie mis à terre. Des raquettes de tennis, des carburateurs de scooter, des planches à repasser, des chaussures de ski, des VHS, des revues des années 80, des clubs de golf, Zippo, gourdes, ballons de foot dégonflés, Barbie sans bras, médailles d'anciens combattants. Tous ces bouts de passé à négocier.

Au fond de l'allée, les vendeurs et acheteurs d'oiseaux tournaient autour des cages. « Les Arabes, y z'ont un truc avec les oiseaux », j'ai pensé. Puis c'était la grande boucherie de Mme Slimani. Avec son strabisme et sa blondeur d'actrice, Mme Slimani et son micro, c'était l'attraction du marché. On entendait sa voix stridente gueuler les promos du jour sur le salami et les brochettes de foie. Sous la halle aux fruits et légumes, le son se dilatait. De loin, derrière un étalage d'oranges, de salades, carottes et pommes de terre, j'ai aperçu Ichem, qui trottinait comme un commerçant. On le voyait plus, au quartier. Ichem était parti fêter sa nationalité, seul, à Tunis, avec du shit dans ses bagages. Trois-quatre joints qui n'avaient jamais passé la douane tunisienne. Il avait pris six mois ferme dans une cellule à soixante. Il était revenu de là-bas avec l'œil vitreux et des cicatrices sur les avant-bras. À son retour, il s'était maqué avec la sœur Lamini. Une drôle d'histoire avec cette fille d'une autre génération, au visage qui racontait plusieurs vies. Je l'avais connue quand j'étais petit. Ma mère me laissait en dépôt chez les Lamini et je mangeais des pain-frites au goûter dans leur treize mètres carrés. Maintenant, la fille Lamini avait deux stands de primeurs. Ichem se la racontait grave en jouant au patron. Mais j'étais toujours content de le voir.

— Ça va, mon petit clando ? je l'ai provoqué.

— Arrête, Stress, je suis français comme toi maintenant.

— Wesh, t'as juste « li récépissé » et tu tchatches.

— T'es un enculé, Stress… Viens m'embrasser.

On s'est pris dans les bras. Il avait pas changé de parfum.

— Ça va tranquille, Stress ? Allez, on boit un café.

— À la rapide alors !

— Qu'est-ce qui t'arrive, tu stresses déjà ?

— Non, y a Nordine qui m'attend…

Ça faisait deux ans que Ichem et Nordine se parlaient plus. Ichem était sorti avec une des sœurs de Nordine et la proposition n'était jamais arrivée sur la table. Au mariage de la grande sœur de Djamel, Nordine et Ichem avaient fini par se battre, saouls, sur le parking de la petite salle des fêtes, entre la cité Font-Vert et Carrefour Le Merlan. Une bagarre de chiffonniers. Ichem ne se coupait jamais les ongles et se battait comme un chat. Nordine avait déchiré son costard gris, et fini avec des griffures sur le visage. Il gueulait : « Y m'a griffé cette pute ! Tu m'as griffé hein petite salope ! » Depuis, la route était coupée entre l'Algérois et l'Oranais.

Le café était à l'intérieur de la halle. Des allers-retours de serveurs, des crêpes au miel, des thés à la menthe, et que des hommes partout autour des tables. Ichem était ici chez lui.

— Lagdar ! Deux cafés, s'te plaît ! Ça va ta mère, Stress ? il m'a demandé.

Quand Ichem avait été emprisonné à Tunis, Fred lui avait trouvé un avocat sur place. La femme d'un ami journaliste algérien qu'elle avait connu dans les années 70 et accueilli pendant les années noires de la guerre civile.

— Ça va, et toi la famille ? j'ai répondu.

— Hamdoulah…

— Tu passes plus au quartier ?

— Ne me parle pas du quartier s'il te plaît. « On grandit, on oublie. »

Ichem était plein d'expressions, c'était son mode de défense.

— Tu parles plus avec personne ?

— Je te parle à toi.

— Tu me comprends, Ichem…

— Écoute… Depuis que je vais plus au quartier, j'ai une voiture, je gagne de l'argent et j'ai eu mes papiers. Comme on dit : « Quand Dieu ferme une porte, il en ouvre toujours une autre. »

J'ai pas su quoi répondre. J'avais commencé à y croire, à toutes leurs conneries de mauvais œil qui faisait que ton destin partait en couille à coups de regards malveillants.

— Et toi ça va ? Tu arrives à vendre des trucs chouia ? il m'a demandé.

— De quoi payer le bus, les clopes et le café.

J'avais jamais essayé de lui vendre une autre vie, à Ichem, et il avait toujours apprécié mon côté « sans honte ». Un CDI, une belle voiture, une belle montre, l'achat d'un appartement. Leur réussite de gens normaux ne m'avait jamais inspiré. Je préférais perdre que de goûter à cette vie de meuble télé. Je n'avais à peu près rien réussi. Mais il me restait l'héritage aristocratique de ma mère. Quand les histoires ont commencé à éclater entre mes anciens potes du Panier, je me suis tenu éloigné. Certains se sont mis à ouvrir des squats pour prendre des cachets, d'autres on fait des enfants et puis, les uns après les autres, ils ont quitté le quartier avec l'aigreur de ceux qui reçoivent du courrier de la

CAF. Sur la fin, toute notre amitié était partie dans un feu de malheurs, qui embrasait tout. On avait cramé la terre de nos années heureuses pour ne laisser que l'amertume. Je savais tout des histoires de Ichem. La femme de Ange qu'il avait essayé de se faire, l'oreille qu'il avait coupée à Djamel à cause de la sœur Lamini qui lui avait retourné le cerveau, la sœur de Kassim qu'il avait mise en cloque et celle de Nordine avec qui il était sorti pendant deux ans. Mais je continuais à garder le silence. Parce que les paroles pourrissent tout. Et puis Ichem, c'était le début de tout. Et on touche pas au début d'une histoire.

— Les fruits et légumes, c'est une mine d'or, je te jure ! il m'a dit.

— C'est bien.

— Mais c'est dur, wallah, j'ai mal au dos.

— Ton beau-frère, ça va ?

— Youss ! Il est Album d'or au bled. Y sort un morceau avec Magic System.

— Saha, c'est bien.

— Hamdoulah !

— Et ton neveu Wawa ?

— Ça va, merci, tout le monde va bien.

Je sais que dans sa tête il répétait « Cinq dans tes yeux ». Cette expression pour te protéger du mauvais œil de l'autre et même de celui que tu pouvais te jeter à toi-même.

On a fait le tour de la famille, comme les prières des muftis font le tour de la ville dans les haut-parleurs qui grésillent.

— Je vais bouger.

— Tranquille, Stress… Finis ta cigarette ! Tu veux pas manger quelque chose ?

— Non, wallah, Nordine, y doit stresser.

— Saha Stress, merci d'être passé. À bientôt, mon frère.

À mon retour sur le stand, Nordine a attaqué direct :

— T'étais où, Stress ? Wallah, t'as bloqué !

— Tiens, je t'ai ramené un café.

— T'étais où, sur ma mère ?

— T'as bien vendu ?

— Wallah, c'est mort.

— Les mecs des chaussettes, y sont plus là ?

— Et ma foi, y z'ont tout vendu ! Y a ta baffle qui est partie.

— Quelle baffle ?

— Ton truc pour faire de la musique.

— L'ampli ?

— Voilà !

— Combien ?

— 150.

— Arrête… de la bombe ! Y z'ont pas pris la guitare ?

— Le mec il va retirer l'argent, y revient.

— De la bombe ! Tiens, prends ton café !

Nordine n'a pas eu le temps de prendre son café. Ses deux yeux noirs ont viré couleur inquiétude. Son regard s'est arrêté au loin et sans lâcher l'horizon il a dit :

— Viens on bouge !

— Qu'est-ce qui t'arrive ?

— On bouge je te dis !

— Quoi ?

— Y a Sido qui arrive.

— Et alors ?

— Le décodeur… y marche pas !

J'ai attrapé la guitare et on a abandonné le reste. On a foncé à travers le marché comme une scène de film comique où on met tout en accéléré. Les gars de Sido, leurs gilets orange et leurs talkies-walkies couraient dans tous les sens. Avec Nordine, on n'a plus jamais refoutu les pieds aux puces.

J'ai jamais aimé le cours Julien. Avec ses murs couverts de graffitis, son marché bio, ses salles de concert, ses restaurants, ses bars, ses boutiques de créateurs. Le cours Julien, c'est un artiste raté qui s'invente une vie. Mais la nuit aime les mythos. Et les ratés.

Trois jeunes cramés, torse nu sur un scooter, fendent la foule. Un Noir est allongé par terre, défoncé. Et de partout des Venants souriants et bronzés qui nagent dans la moiteur de ce samedi soir. On entre à L'Espadon, le nouveau bar-cinéma ouvert par Guacamole, la boîte de Jérémy. J'ai lu son interview dans la presse culturelle locale au moment de l'inauguration. Une double page avec, en photo, la tête lubrifiée de Jérémy assis dans un fauteuil de sa nouvelle salle : « On a senti un besoin de cinéma alternatif et de retour au "cinéma de quartier" à Marseille. On voulait faire un véritable lieu de vie. » Comme s'il en avait quelque chose à foutre de la vie de quartier.

Autour de nous, les tireuses à bière crachent de la mousse, les serveurs transpirent et les bouches crient pour se faire entendre. Le décor vintage est réussi, je dois dire. Johanna est tombée dans les bras d'un petit gars. Ils sautent sur place. Des retrouvailles largement surjouées. Les femmes et les homos sont parfois bloqués dans une éternelle partie de poupées.

— Yassine ! Comment tu vas ?

— Et toi, ma belle ?

Johanna se retourne vers moi pour me le présenter :

— Yassine ! Un super pote à moi ! Ça fait trois ou quatre ans qu'on s'est pas vus.

Il me calcule à peine. Il a des grosses lunettes écaille et des yeux très noirs. Une coupe de cheveux rasés sur les côtés et bouclés en l'air, des lèvres épaisses et sèches. Son accent lèche le sol :

— Désolé, ma belle. Je suis grave à la bourre. On va se revoir de toute façon. On a fait un déj avec Jérém. On va avoir plein de projets ensemble. T'es Trooop Belle !

Elle le regarde partir puis se tourne vers moi.

— C'est un garçon incroyable. Il vient de faire un film… sur un travesti… C'est d'une beauté !

Le Yassine est déjà de l'autre côté de la salle, il a rejoint un groupe très accordé. Johanna attend un peu puis m'envoie dans la face :

— Il va sûrement devenir directeur de l'équivalent du CNC marocain. À son âge ! Il est tellement brillant !

Et, sans me regarder :

— C'est surtout un gros gros bosseur…

Je lui demande :

— Tu prends quoi ?

— Comme toi, elle répond.

Pour meubler, je lis un dépliant posé sur le comptoir. La programmation documentaire du mois à L'Espadon.

Un film sur une prison pour pédophiles, un autre sur des jeunes Syriens qui filment la guerre, et puis sur un gars qui revient dans son quartier juif orthodoxe à Jérusalem pour retrouver les violeurs de son enfance. En visuel, la photo du type : un homme, tête rasée, entre deux âges. Son regard d'enfance volée me fait penser à quelqu'un.

Johanna s'emmerde :

— Je t'attends dehors. On est juste devant.

Je commande deux bières et une focaccia aux olives. La serveuse entre ma commande sur une tablette tactile. Elle est charmante. Sur la terrasse, toutes les tables sont blindées de têtes avec plein de cheveux. Marseille n'a jamais été aussi poilue. À côté de L'Espadon, un autre bar a ouvert, La Brasserie communale. Les Venants appellent leurs lieux Le Café de l'industrie, La Fabrique des saveurs, La Manufacture, La Mercerie, L'Épicerie idéale. Ça fait France sous l'Occupation. En premier plan, les jupes et les mèches volent dans une lumière orangée. En second plan, près des fontaines du cours Julien, une bande de Noirs pataugent dans la saveur métallique de la bière à 8,6 degrés.

À notre table, Johanna et sa dizaine d'amis sont déjà tous bien imbibés. Je sais pas si je vais me faire à ce bonheur partouzé. Dans chacun de leurs regards, c'est comme si je voyais Pedro, l'ex de Johanna, un artiste plasticien performeur ami de tout ce beau monde. Il souffre de la rupture et se la colle au whisky sec et à la cocaïne. Il a des tatouages dans le cou et veut ma peau, d'après ce que j'ai entendu. Dans l'après-midi, pendant qu'elle nous préparait un thé vert, j'ai demandé à Johanna :

— Tu en es où avec ton ex ?
— Oh, t'inquiète, c'est fini depuis longtemps.
— On m'a dit qu'il cherchait à me voir.
— Viens plutôt me prendre en levrette, elle a conclu.
Je me suis exécuté puis j'ai ruminé ses réponses en fumant une clope à la fenêtre. J'avais l'odeur de sa chatte sur mes doigts.

On a posé nos pintes sur de grandes tables qui font aire d'autoroute. À ma gauche, Alice, la blonde croisée à la plage, qui ressemble à une nageuse RDA. À ma droite, un mec qui a une tête à mourir au début du film. En face, un grand roux qui s'adresse à moi en prenant l'accent canadien :

— Mais alors t'es qui toi, tabarnak ?
— C'est mon mec, lui répond Johanna.
— Mais t'aimes les hommes toi maintenant ?

Tout le monde se marre. Je descends une bière, puis deux, puis trois. Autour de nous, les gens bien commencent à rentrer chez eux. Le roux devient mon ami. J'arrive parfois à placer une blague dans l'interstice des siennes, au kilomètre. Ange était comme ça. Le comique qui occupe tout l'espace. Ces mecs-là finissent par s'enfermer en eux-mêmes. La dernière fois que j'ai vu Ange, c'était dans le studio de la rue des Honneurs que le gros Roger, le parrain du quartier, avait mis à sa disposition. Un tout petit appart avec deux écrans plasma 55 pouces, trois posters de Tony Montana, un clic-clac, une guirlande lumineuse bleue, deux chaises hautes et un aspirateur de table. Il était vendeur de cocaïne coupée à l'Efferalgan et passait son temps entre des rendez-vous Tinder, les passages de ses clients, et des parties de PlayStation et de poker. Chez lui, c'était devenu l'adresse des chiens abandonnés du quartier. Tous les matins, à l'heure des perquisitions, Ange se mettait la tête à la fenêtre de son studio. Et le soir on pouvait l'entendre gémir de ses maux de ventre derrière la porte de ses chiottes.

Autour de nous les tables se vident. Johanna est en pleine discussion avec Alice, la nageuse RDA, qui a été expulsée de son appartement. Maintenant un mois que les immeubles de la rue d'Aubagne se sont effondrés. La mairie a commencé à s'affoler, relogeant dans des hôtels miteux les gens qui vivaient dans des immeubles en péril. Nos politiques sont des poissons d'aquarium. Ils finiront par crever le ventre en l'air, d'indigestion.

— Voter, ça sert plus à rien de toute façon. Il faut prendre les armes ! s'exclame la nageuse à voix haute.

Au loin, les Noirs dansent sur du rap de radio et font des grands gestes de loup-garou. Leur peau bleue est éclairée par une lune pleine. L'un d'eux, vieux et maigre, s'approche lentement de notre table, il a une canette de bière à la main et des grosses veines qui lui montent sur les bras. Il se dirige droit sur le mec à ma droite, celui qui a une tête à mourir au début du film.

— Donne-moi une cigarette !

Une sommation. Le roux intervient :

— Eh ça va ! On t'en a déjà donné deux tout à l'heure.

Le vieux Noir ne le regarde pas, il répète :

— Donne-moi une cigarette !!!

Je me lève, sors mon paquet de rouges, pousse une cigarette et « Tiens ! ».

Il me regarde un moment, attrape la cigarette et lâche un « Merci, jeune homme » avec un accent cap-verdien, puis s'en retourne vers sa bande. Un échappé de la rue d'Aubagne. Les Cap-Verdiens y ont installé leur réseau depuis vingt ans et viennent de toute la ville pour occuper, de jour comme de nuit, la place centrale de la rue, rebaptisée « place du Cap-Vert ». Ce soir il est monté au cours Julien, comme un poisson remonte la rivière. Autour de la table, tous font comme si la guerre n'avait pas commencé. Alice continue de débiter :

— Bien sûr que tout est lié ! Les travaux de la Plaine, sans aucune concertation ! Et maintenant les immeubles qui s'écroulent ! Et les flics qui nous tapent sur la gueule. Moi j'y vais, aux manifs !

Je tire sur ma clope et descends ma bière.

— De toute façon, quand ils auront viré tous les pauvres du centre-ville ça sera trop tard. Regarde ce qu'ils ont fait avec le marché de la Plaine !

Le vieux Cap-Verdien revient. Droit sur sa victime.

— Donne-moi une cigarette !!!

Le roux se lève :

— Maintenant tu te casses !

On continue de faire comme si tout allait bien. La voix d'Alice colonise ma boîte crânienne.

— Moi je suis solidaire avec mon quartier ! Solidarité Noailles ! qu'elle fait en levant le poing.

Je tiens plus :

— Toi tu es de Noailles ?

Johanna m'attrape la main pour me calmer. Un geste de femme quand une réunion de famille dérape. Je la dégage.

— Et ça fait combien de temps que t'es de Noailles ?

— Trois ans !

— Et tu penses que t'es de Noailles ?

— Ouais, je me sens de Noailles, mes gamins vont à l'école à Noailles, j'y fais mes courses tous les jours.

— Tu es à Noailles depuis trois ans, dans ton appartement acheté et meublé par ton papa et tu viens nous parler de gentrification. Putain mais on est où là ?

— Calme-toi, me lance Johanna.

— Comment je me calme ? On mange des focaccias à 12 euros, on boit des bières à 7 euros et vous me parlez de gentrification ? Mais c'est nous la gentrification, putain !

Alice rétorque que je suis un petit-bourgeois, y a qu'à voir mon polo et ma coupe de cheveux. Le roux se fout de ma gueule : « Nous sommes la gentrification ! » Johanna sourit, j'ai envie de me casser, mais une voix nous saisit tous. Et c'est pas pour l'addition.

— Qui c'est qui a parlé mal à mon oncle ?

Il est jeune, grand et sec, avec des petits locks sur la tête et une balafre sur l'arcade gauche. Mauvais signe. Derrière lui, le vieux Noir chancelle, avec le sourire de l'enfant vicieux qui a ramené son grand frère à la sortie du collège. Tout autour, les bars ont fermé. Le cours Julien s'est recouvert de nuit et de silence. On est dans la merde et plus personne n'ouvre sa bouche. Le jeune répète :

— Qui a parlé mal à mon oncle, bande de fils de pute ?

Sans le regarder, je réponds :

— D'où tu nous insultes ?

Il s'approche de moi.

— T'as un problème, toi ?

Je me lève, personne ne bouge. Une fille tente le « Ça va, les gars… On se calme… ». C'est Ange qui m'avait dit, un jour : « Faut toujours frapper en premier. Toujours ! Et surtout, savoir où. Dans le nez ? Dans la mâchoire ? Le premier coup, c'est le plus important. Après, c'est de l'improvisation. Dans tous les cas, il faut choquer le spectateur. C'est pour eux que tu te bats. Ceux qui regardent. Et dis-toi une chose, Stress. Personne va mourir, mais quelqu'un va avoir mal. »

— Qu'est-ce qui t'arrive le cul blanc, tu tchatches ?

Je peux sentir son haleine de chacal tabagique.

Mon poing s'est refermé. Le premier coup sera un crochet court, du droit, pour l'arcade ou la mâchoire. C'est tout mon corps qui va arracher sa tête. Avec un peu de chance, après, ce sera fini. Ou alors ses potes zombies organiseront la suite et il faudra prendre de l'air et viser ses jambes maigres à coups de low-kick, finir au sol et se relever. Une bagarre peut paraître rapide pour ceux qui la regardent mais tellement longue pour ceux qui y participent.

— Nique-lui sa mère la pute, Zé !

Je fais défiler le film : ma main gauche va coller ma joue, ma jambe gauche pivotera sur la pointe du pied et ma hanche va diriger un mouvement tant de fois répété devant des sacs de frappe ou sur des rings. Mais si peu de fois dans la rue. Je rassemble mes abdos, serre ma mâchoire quand j'entends cette voix aiguë que je connais par cœur :

— Stress ! Stress ! C'est toi ?

Je tourne la tête. Nordine, un flash de vodka Eristoff à la main.

Il me tombe dans les bras.

— Stress ! Mon ami d'enfance !

Le jeune :

— Tu le connais ?

— C'est mon ami, y a dégun qui le touche !

Je suis soulagé d'être passé aussi près d'une guerre.

— Stress ! Qu'est-ce que tu fais là ?

— Je te présente ma copine…

— Enchanté !

Nordine est toujours aussi mal à l'aise face aux nanas.

— Et toi, qu'est-ce que tu fous là, Nordine ?

— Je fête mon mariage.

— T'es sérieux ?

— C'est une histoire compliquée.

Les amis de Johanna se sont déjà éparpillés dans les rues du cours Julien.

— Wesh, Stress, ça fait combien de temps qu'on s'est pas vus ?

— Je sais pas… quinze ans ?

Il me serre dans ses bras lourds. Il pue la vodka. Ses yeux me rappellent quelqu'un. Oui. Le gars entre deux âges, sur le fly, à l'entrée du cinéma. Nordine a le regard d'une enfance volée.

Quand je suis arrivé sur la place des Moulins, tout le monde était là : la bande, les voisins et des filles aux voix de poissonnières. Ange se battait avec Cogno, ils se rendaient des droites de taulier. Cogno imposait sa masse de garagiste qui traîne dans les bars, s'enfile des 51 et joue aux cartes. Il avait un cyclo Peugeot 103 SP qui montait à 130 et quand il prenait le virage de la Tourette à fond, on aurait dit un éléphant de cirque sur un monocycle. Le sang coulait sous les narines de Ange. C'était le moment de les séparer. Ichem a ramené Ange dans un coin et Kassim a entraîné Cogno dans un autre. Pour leur raconter les mêmes conneries, « C'est pas bien de se battre », « Y a des enfants sur la place », « Vous êtes du même quartier ». La tension est redescendue mais Ange a envoyé un « On va se recroiser de toute façon, t'inquiète pas ». Cogno, en confiance, lui a répondu : « C'est ça… Va niquer tes morts maintenant ! » Ichem savait l'effet que cette insulte pouvait avoir sur Ange. Il l'a contenu comme il a pu. Ange, fou de rage, a gueulé :

— T'as dit quoi, Cogno ???

— T'as très bien entendu !

— Vas-y ! Répète si t'es un homme !!!

— La con de tous tes grands morts ! Ça te va comme ça ???

Ange s'est débarrassé de Ichem et il a filé droit vers le fond de la place. Il marchait vite, les épaules en avant. Dans sa tête, c'était la tempête. Il serrait ses gros poings et pinçait ses fines lèvres. Des gouttes de sang coulaient sur ses baskets blanches. Il s'essuyait le nez. Reniflait. Il en avait plein les doigts. Son père, il en parlait en boucle, « Mon père, il te frappait avec sa grosse chevalière de proxénète ». De son enfance toulonnaise à traîner entre les putes et les tables de poker, il avait gardé le sens du contact, sa facilité avec les femmes et les chiffres. Ange me sortait souvent l'article de *Var-Matin* du 13 juin 1987 qu'il conservait dans un Tupperware avec toutes sortes de papiers. Sa boîte noire. « Dédé Casquette trompe la mort – Fusillade dans le Chicago toulonnais : Dédé Casquette, bras droit de Jean-Louis Zapanni, dit "Le Sourd", échappe à la mort avec douze balles dans le corps. » Son père Dédé était mort deux ans après. Un cancer de la gorge s'était occupé de lui. Et Ange était venu vivre au Panier avec sa mère Lizette, cantinière à l'école des Catalans, et son beau-père chauffeur pour la ville de Marseille.

Quand il est retourné chez lui après la bagarre, il était seize heures trente. Lizette fumait une clope en suçant son second glaçon Ballantine's devant son émission « Motus Motus ». Ange a tracé vers la cuisine.

— Qu'est-ce que t'as fait ? Tu t'es encore battu ? J'en ai plein le cul de tes conneries ! a crié Lizette depuis le canapé en cuir noir recouvert de son plastique d'origine qui lui collait aux cuisses.

À force de crier sur Ange, elle en avait mal à la gorge. Elle a posé son verre sur la table basse en bois rustique et l'a rejoint dans la cuisine.

— Qu'est-ce que tu fais ?

— Rien !

— Ange !!! Qu'est-ce que tu vas faire ???

Il était déjà dehors, la laissant seule dans l'écho de la porte claquée.

La bobine tournait en boucle sur l'image de son père. De lui, il n'avait plus que les cheveux blonds bouclés et un nom de village corse, où il avait jamais foutu les pieds. Dédé Vezzani était arrivé sur le continent à 17 ans. Il s'était fait tout seul, « lui et ses grosses couilles », me disait Ange quand on allait fumer des joints dans la petite descente Beauregard. Dédé Casquette et ses trois bars américains. Son préféré, à Ange, c'était le Napoléon. Les copeaux de bois sur le sol pour les mecs qui vomissaient leur vie, l'odeur de la Gitane, le bingo, le baby-foot et l'argent de poche qu'il dépensait en fringues, accessoires de cyclomoteur et boîtes d'après-midi. Sa vieille ville lente et sournoise de Toulon. Son quartier d'enfance, le Petit Chicago, qui puait la racaille, le marin, la pute et le facho. Ses morts, c'est tout ce qui lui restait.

Sur la place, on était assis sur notre banc. Une brise chaude moulait nos couilles contre nos survêtements trop larges. À quelques mètres, Cogno était assis sur la selle de son Peugeot, à se la raconter devant les trois blondes en bombers Schott rouge et semelles compensées imitation Buffalo.

De loin, j'ai vu arriver Ange. Il avait la main droite dans la poche, la tête courbée et la couleur d'un blond au mois d'août. Ses pas lourds et ses larges épaules portaient son histoire. La haine de celui à qui on avait tout enlevé. Quand il est arrivé sur la place, il a joué son texte, mécaniquement, comme on démarre au kick un scooter en plein hiver :

— Répète, enfant de putain !

Cogno s'est levé et a bombé le torse :

— Qu'est-ce que tu vas faire ? il a dit d'une voix rauque.

Ange était rouge fou.

— T'as insulté mon père ? T'as insulté mes morts ?

Je m'étais mis un peu à l'écart. Je savais jamais quoi faire quand les choses devenaient sérieuses, que l'instinct reprenait le dessus. Ichem, Kassim, Nordine et Djamel s'étaient placés entre les deux.

— Calme-toi, Ange ! Rentre chez toi !

Ange a sorti de sa poche un couteau de vide-grenier. Un Laguiole rouillé, avec tire-bouchon.

— Qu'est-ce que tu vas faire avec ton couteau ? a chanté Cogno avec des grands gestes d'opéra.

Les autres criaient :

— Rentre chez toi, Ange ! Range ce couteau !

Ange a levé son couteau au ciel. Dans le mouvement, il a entaillé la main de Ichem. Kassim s'est écarté et Djamel est tombé à terre. Quand Ange est arrivé devant Cogno, son bras est redescendu fort sur la gorge. La lame du Laguiole a perforé la trachée. La place des Moulins a pivoté sur elle-même. Les filles se tenaient la bouche, Ichem regardait son doigt pisser le sang et moi j'ai écouté le silence de la place me dire « Ici se termine quelque chose ». J'ai pensé à ma mère, Fred, qui me disait souvent, quand elle me parlait de poésie : « Le silence n'existe pas. »

Ange a retiré le Laguiole, la lame était rouge de sang noir. Cogno a porté ses mains à sa gorge dégoulinante et il a levé la tête vers nous. Son regard brûlait d'une panique mortelle. Il a posé de nouveau ses mains sur sa gorge et il a hurlé : « Aïe !!! Il m'a planté !!! » Ange a lâché son couteau. Il est sorti, côté cour, vers chez sa maman Lizette. Cogno, suivi par les trois filles en bombers rouge, a cavalé vers la pharmacie de la rue du Panier, côté jardin. Et le rideau est tombé.

Ce matin, j'ai vomi. Hier soir, avec Nordine, on a couché la nuit. Sur le cours Julien, on s'est acheté des flashs de vodka dans une alimentation de nuit. Et on l'a mélangée aux pressions commandées dans tous les bars ouverts qu'on a pu trouver. La vodka donne un goût de médicament à la bière. Et puis on s'est parlé en articulant comme des traumas crâniens :

— Oh j'étais trop fort au foot !

— Arrête, Nordine, t'étais bidon…

— Oh, t'as vu le fils de Ange, c'est devenu un vrai voyou !

— Ah bon ?

— Ma foi ! Il est rentré déjà deux fois aux Baumettes !

Silence.

— Et Djamel, c'est devenu un Frère musulman maintenant !

— Ah bon ?

— Tu sais qu'il est à la RTM maintenant ! Il conduit des bus !

— Ça lui va bien…

— Par contre, Kassim, je crois il est rentré chez les fous.

— T'as des nouvelles de Ichem ?

— Me parle pas de lui.

Quand tous les bars ont fermé, « C'est la dernière, les gars », on a traîné dans les rues désertes. On a fini par s'embrouiller avec des Noirs qui se prennent pour des mecs qui tournent dans des clips alors qu'ils ont juste des allures de vieux chats de gouttière perdant leurs poils. Nordine a réussi à les intimider à coups de menaces.

— Là je suis débonze, vous tchatchez. Mais sur ma mère que je vais revenir ici tous les jours et je vais vous attraper un par un ! Niquez tous vos morts !

Ensuite on s'est fait pointer devant la porte du bar de nuit L'Art Haché, un exploit :

— Désolé, les gars, c'est complet.

Nordine a insulté le videur, de loin.

— Niquez vos mères, bande de fils de pute !

On s'est arrêté pour pisser sur un mur du chantier de la Plaine.

— Stress, qu'est-ce qu'ils font, ici ? m'a demandé Nordine.

— Ils refont la place, ils vont aussi enlever le marché.

— Eh ben tant mieux ! Il est pourri ce marché.

— Les gens, y sont pas contents.

— Qui les gens ?

— Les gens d'ici.

— Eh ben y z'ont qu'à partir s'ils sont pas contents ma foi !

Et on a descendu la Canebière comme deux légionnaires en permission. On s'est rappelé tous ces snacks qui n'existent plus, ces tournedos-frites qui ont nourri notre jeunesse : En Suisse, Pacha, Tom Pouce, Toutankhamon. On a pris la rue Saint-Fé. La rue piétonne de nos sorties du samedi après-midi, des allers-retours à se parfumer gratuit chez Sephora, écouter les nouveautés rap chez Virgin et baver devant les nouvelles baskets chez Foot Locker.

— Stress, tu te rappelles comme y tchatchaient les vendeurs de Foot Locker ? Y se prenaient trop pour des Américains.

— Y essayaient toujours de te vendre des chaussettes en plus. Y z'avaient une commission, les mecs.

— Ouais des lacets et des trucs pour laver tes chaussures, ces clochards.

On a continué à zoner dans le silence mortuaire des rues piétonnes la nuit.

— Oh Stress, t'as vu comme c'est devenu pourri la rue Saint-Fé ? Comment ça se fait ?

— C'est la crise... La crise et l'invasion des centres commerciaux.

J'avais pas envie de m'étendre sur la disparition des commerces de proximité. Pas le moment. Il m'a parlé de son mariage avec sa cousine qu'ils ont fait venir du bled.

— Elle ressemble à Capitaine Crochet, zeubi !

Maintenant, il pouvait plus jouer à la Play Station toute la nuit et il était obligé de sortir de chez lui à neuf heures du matin.

— Wallah, c'est la misère le mariage, Stress.

On a fini à l'Unic Bar. Le seul endroit de la ville qui, à cette heure de la nuit, accueille encore des mecs comme nous. On a commandé des Picon-bière et on s'est installés en face de deux nanas. Je lui ai parlé de mon projet de film. J'allais faire revenir tous les anciens potes au quartier pour jouer dedans.

— Terrible ! Quand ? il m'a demandé.

— Bientôt, je lui ai répondu.

Devant les filles, on a joué aux mecs qui font un peu de l'art.

— Je vais te faire chanter dans mon film, je lui ai dit.

— Arrête… tu pars en couille, Stress.

— Oui, un genre de Mary Poppins… mais version Cheb Nasro.

On a ri. Des rires d'enfants. Il m'a dit qu'il continuait à faire des dessins. Et même des peintures maintenant. Il m'a sorti son portable et m'a montré quelques photos. L'une d'elles représentait un couple d'hommes. L'un des deux était travesti.

— Au début je voulais faire deux hommes et comme j'en ai raté un, je l'ai transformé en femme, il m'a expliqué.

J'ai trouvé le procédé étrange. J'ai jamais vraiment su m'exprimer sur l'art. Nordine, lui, il avait des trucs à dire. Je me suis contenté d'un « T'as du talent, Nordine, je te jure ». Je le pensais vraiment.

— Arrête de te foutre de ma gueule, Stress, il a répondu.

Il a rangé son portable et le silence s'est installé. L'alcool avait fini par assécher notre source et on s'est retrouvés au pied de cette montagne de pathos et de culpabilité. Il a commencé à me parler de la Palestine. Et du sionisme. Il avait regardé beaucoup de documentaires sur la question. M'a conseillé d'écouter cet écrivain, un Marseillais, qui parle du 11 Septembre et de ces acteurs et comiques arabes qui sont devenus des traîtres, des assimilés.

— Ils ont oublié d'où ils viennent, ces gens-là. Ils sont devenus les outils du système.

Il se rappelait plus son nom, à l'écrivain. L'alcool me fait ça aussi, des trous de mémoire. J'ai pensé : « Et si Nordine avait pu faire une école d'art appliqué plutôt qu'un BEP mécanique ? Qu'est-ce qu'il serait devenu ? » Je me suis levé pour commander une dernière bière, pas pour trouver la réponse, juste pour continuer à boire. Au bar, je me suis dit qu'aujourd'hui on construisait chacun dans son coin sa petite forteresse. On montait ses remparts de théories et on préparait ses bassines d'huile chaude d'arguments. On envoyait nos archers tirer nos petites phrases bien faites, répétées maintes fois dans nos têtes et on descendait notre pont-levis pour les gens qui pensaient comme nous. Il fallait que je note cette super métaphore. J'étais pas sûr de son côté médiéval. Et puis j'avais pas de papier. Juste des tickets de carte bleue flétris comme la peau de mon visage. Quand je suis revenu m'asseoir près de lui, les yeux de Nordine flottaient dans le néant de ses amertumes. Je lui ai demandé :

— C'est toi qui m'as appelé Stress en premier ?

Pour le rappeler aux bons souvenirs de quand on était encore vifs et mats de peau. Il a attrapé sa bière, s'est mis une rouge au bec et il m'a dit avec cette voix qu'on prend quand on a une cigarette dans la bouche :

— C’est normal, t’as toujours stressé sur tout.

Pour chercher son feu, il a tâté son corps rembourré de graisse. Il a tourné la tête, il a accroché un type du regard et lui a dit, en se touchant le nez :

— Elle est bonne la cocaïne ?

Le gars s’est levé. Une sorte d’Indien avec des jambes arquées. Ce gars-là bosse sur le cours d’Estienne-d’Orves, dans cette rangée de bars de nuit qui sentent le speed et le gin tonic. On pouvait entendre sa respiration à travers ses grosses narines d’animal sauvage. Il s’est placé devant Nordine, qui a baissé la tête comme un taureau avant qu’on ouvre la palissade. L’Indien l’a regardé dans les yeux deux-trois secondes, pas plus, et il a déclenché une droite de fête foraine. Nordine est tombé K-O. Net. Voilà. Tout le monde s’y est mis. Nordine s’est relevé et il a gueulé :

— Je suis seul contre vous tous !!! Y a que des putes ici !!!

Les Égyptiens du snack d’en face qui font des samoussas trop pimentés en ont profité pour fermer le rideau. J’avais pas les jambes pour rentrer là-dedans. Je me suis souvent caché derrière des « J’avais trop bu, j’étais trop fatigué ou c’était pas le moment ». Oui, je connais le goût que laisse la lâcheté. Le serveur de l’Unic nous a dit de foutre le camp. Parce qu’on était le problème. Alors Nordine est parti, en pleurs, comme un enfant trahi. Je l’ai accompagné sur le Vieux-Port, jusqu’à la brasserie de l’OM.

— Laisse-moi, Stress !!! Laisse-moi maintenant !!! il m’a gueulé dessus.

J'ai fait demi-tour et je suis rentré chez moi, à la Plaine. Je me suis endormi avec les paroles de ce titre de la Fonky :

« Avec le temps t'apprends à protéger tes amis
En cas d'haja tu sautes quitte à risquer ta vie
Tout n'est pas rose, tout n'est pas triste non plus dans les rues
On passe des rires aux sanglots quand on a trop bu »

La fenêtre de sa chambre tremblait de mistral. Fred a posé du rouge sur ses lèvres et du mascara autour de ses yeux bleu de nuit. Elle s'est glissée dans ce tailleur Agnès b. qu'elle avait trouvé à Emmaüs Pointe-Rouge pour 5 francs, l'année dernière. « C'est fou ce que les gens jettent, quand même ! » elle s'était exclamée à voix haute devant la caisse. Ma mère aimait faire remarquer sa présence.

Treize années qu'elle dirigeait le Centre de la Prose. Elle montait des dossiers de subvention et des partenariats, accueillait des artistes en résidence, organisait des ateliers et des expos, gérait ses salariés et passait sa vie à supplier son banquier de revoir les plafonds et la durée des découverts. Depuis deux ans, dans toutes les institutions, les chargés de mission lui tenaient à peu près tous le même discours, « Vous savez, en ce moment, c'est compliqué pour la Culture » ou « Nous avons d'autres priorités ».

Ce jour-là, elle espérait une petite éclaircie. Le président du conseil général serait présent au vernissage de l'exposition *Photos et poésie en Méditerranée*. Elle avait reconnu, devant son équipe :

— Donner dans la poésie italienne et corse, c'est vrai qu'on fait un peu les putes sur ce coup. Mais comme disait ma mère, c'est avec de la confiture qu'on attrape les mouches.

Sortir des expressions paysannes la rappelait à ses origines.

Roland Mariolo avait répondu à son invitation et Gisèle Carboni, son bras droit, n'était pas étrangère à cela. Fred l'avait connue avant qu'elle brigue la mairie d'arrondissement. J'étais très ami avec les enfants de Gisèle et quand je revenais de chez eux, je faisais rire ma mère en imitant l'accent marseillais du père Carboni. Gisèle était alors femme au foyer et elle cuisinait les mantecaos pour son Napolitain de mari. Une très belle femme, dans le genre andalouse, et loin d'être une conne, disait ma mère.

Grâce à ce vernissage, Fred espérait pouvoir obtenir une subvention conventionnée : une somme qui tombe chaque année. Pour pérenniser les trois postes. Didier, un jeune plasticien qui s'occupait de monter les ateliers et programmer les expos. Sandrine, qui travaillait sur le montage des dossiers. Et la petite Samira, qui s'occupait de la médiation avec la population du quartier. À son sujet, Fred me disait souvent :

— Qu'est-ce qu'elle est courageuse, cette fille ! Surtout quand on sait d'où elle vient.

Maquillée, ma mère ressemblait de plus en plus à ses vieilles tantes aristos qui avaient survécu à la Résistance ou à la collaboration et passaient leur fin de vie à taper le bridge dans les salons des grandes maisons de l'arrière-pays toulousain. Elle se disait que, d'une manière ou d'une autre, on finissait toujours par ressembler à ceux qui nous avaient mis au monde.

Elle a accroché ses boucles d'oreilles en cuivre achetées lors d'un voyage dans le désert algérien, en 1977. Elle y avait amené une de ses classes des Beaux-Arts d'Alger. Une dizaine d'étudiants en troisième année. Un échange organisé par l'Alliance française et un festival de musique, « Terres de couleurs, Musique du cœur », créé par un couple de babas cool ardéchois dans les dunes rouges de Timimoun. « Ça a le mérite d'exister », avait dit Fred. En Algérie, elle avait appris à relativiser. Pendant le festival, ses étudiants avaient créé un ballet, joué de nuit dans les dunes, aux flambeaux. Une métaphore des flux migratoires qu'elle avait trouvée « à chier ». Elle avait toujours senti dans ses étudiants algériens une grande puissance mais au moment de créer, ils ne parvenaient pas à s'affranchir d'un esthétisme dépassé et de formes artistiques illustratives. Comme s'ils étaient obsédés par la peur de pas être compris.

Pour se rendre au Centre, Fred prenait toujours par la montée des Accoules. C'était le chemin qui grimpait le plus, et surtout, on devait traverser la place du Refuge et ses réseaux de shit. Elle aurait très bien pu passer par-derrière comme ses employés le faisaient tous. Mais Fred prenait un plaisir pervers à venir frôler les dealers et tous ces voyous le cul assis sur leur scooter, et leur dire « Bonjour, les enfants ». Elle avait toujours su marquer son territoire.

Dans la montée des Accoules, elle a pris le vent de face, s'est amusée de cette adversité qui sentait la mer et lui giflait les joues. Elle est passée devant l'école où j'avais fait ma primaire. À l'époque, quand je sortais de classe, je débarquais au Centre de la Prose avec une coupe de cheveux au bol qu'elle m'avait faite elle-même. Je portais un pantalon en velours qui me tombait sur les fesses et une paire de chaussures en cuir noir achetée d'occasion chez Humana, à Noailles. J'étais plein de promesses et de morve au nez.

En attendant les officiels, les femmes du quartier dressaient les tables. Fred leur avait confié le banquet : des bricks, de la chorba et de la salade méchouia. Y avaient aussi des chips et des cacahuètes « pour les cons ».

Elle avait avancé l'heure du vernissage pour que Mariolo puisse rentrer à la maison tôt et manger ses aubergines à la parmesane devant OM-PSG. De toute manière, ça arrangeait aussi Fred. Quand la nuit tombait, les travailleurs sortaient du boulot et c'était l'heure de pointe du trafic de shit sur la place du Refuge. Pas question d'avoir les scooters et les dealers devant la porte en plein vernissage. Plusieurs fois, ma mère ne s'était pas gênée pour aller leur parler : « Vous pouvez arrêter de vendre votre shit devant le centre s'il vous plaît ? Si au moins il était bon… » Les grands du Refuge la surnommaient « la Folle », et au quartier, donner un surnom était un signe de respect. Ça avait pas empêché le centre d'être cambriolé trois fois en un an. La dernière fois, ils avaient volé des rames de papier. Fred l'avait pris comme une marque d'affection. Les seuls qu'elle avait à peu près réussi à « récupérer », c'est les petits rappeurs de la « Fonky machin chose ». Elle arrivait jamais à se souvenir du nom du groupe. Pour eux, elle avait mis en place des ateliers d'écriture. Comme les gamins s'étaient accrochés, elle avait obtenu une petite subvention pour produire leur premier CD. Un quatre-titres. Deux ans après, ils étaient devenus double Album d'or et passaient en boucle sur les radios nationales. Fred en était assez fière, même si elle arrêtait pas de dire que leur musique, c'était vraiment de la daube. À l'époque, le groupe faisait la fierté du Panier. Un soir, devant un plat de raviolis à la brousse, elle m'avait énervé :

— Ils ont rien lu, rien vu, qu'est-ce que tu veux qu'ils écrivent de bien ?

Entre deux raviolis, j'avais répliqué :

— Ils parlent du quartier.

Elle, en attrapant la salade :

— C'est bien ce que je dis ! Ils voient pas plus loin que le bout de leur nez.

J'avais râpé du fromage au-dessus de mon assiette :

— Ils sont engagés.

Elle m'avait regardé un moment, avait posé les couverts à salade, puis :

— Je t'en foutrai de l'engagement, moi ! T'as écouté leurs paroles ? C'est le niveau zéro de l'engagement ! C'est bien simple, ils me font penser à des pasteurs évangélistes !

Comme j'avais pas envie de lui laisser le dernier mot, je lui avais proposé :

— D'autres raviolis ?

Les premiers institutionnels sont arrivés à l'heure. Ils ont bloqué la rue Baussenque avec leurs berlines noires aux macarons tricolores puis remonté la petite pente vers le Centre. Le mistral faisait voler les robes et les cravates bleu marine. Le visage transi, ils se recoiffaient avec leurs doigts. Aux premières poignées de main, on sentait que personne ne s'éterniserait. Mariolo était entouré de son troupeau. Le vent avait rendu son cou de pélican encore plus rouge. Il redressait la tête, acquiesçait et faisait de grands sourires.

— Madame ! Nous nous rencontrons enfin ! Bravo ! Je dirais même plus, merci pour le travail que vous réalisez ici. Et je suis bien placé pour savoir combien la tâche est difficile.

Fred s'est dit que ces enfoirés de populistes savaient y faire.

— Merci, monsieur le conseiller général, laissez-moi vous présenter le Centre.

— Oh, ne vous donnez pas ce mal, je sais très bien ce que vous faites ! Vous savez, on n'a pas l'air, comme ça, mais on travaille nous aussi.

Elle a tenté de maîtriser ses terminaisons nerveuses.

— Vous savez donc combien nous avons besoin de votre aide…

Il a coupé :

— Écoutez, madame, chaque chose en son temps.

Ma mère aurait voulu tout foutre en l'air. Il lui a fallu garder ce sang-froid qui lui avait tant fait défaut dans sa vie. Heureusement, Gisèle est arrivée et lui a fait la bise.

— Bonjour, Fred, tu vas bien ?

Elle a apprécié ce tutoiement féminin. Les femmes, même si elles sont capables du pire, gardent au moins cette chaleur humaine de l'instant.

— Gisèle, ça me fait plaisir de te voir. Tu es magnifique.

Gisèle Carboni portait bien le pouvoir. Elle était accompagnée de son mari au sourire de buraliste.

— Est-ce que la rencontre avec les habitants est prête ? s'est inquiétée Gisèle.

— Je ne vous fais pas visiter l'expo ?

— On n'a pas beaucoup de temps, tu sais.

— OK… Voilà un pupitre ! Il peut se mettre là.

Mariolo a toussé dans sa main, a sorti ses loupes et un papier de la poche intérieure de son blazer. Le Centre était plein, les gens se serraient les uns contre les autres. Dehors le mistral ne débandait pas. Les poubelles volaient, les scooters chutaient et les volets claquaient. Avant d'ouvrir la bouche, Mariolo a regardé l'assemblée. Puis il a commencé son discours, sur la culture populaire, la poésie qui avait toujours fait partie de sa vie et les remerciements pour tout le travail réalisé ici. Fred a serré les dents.

Avec Ichem et Ange, on était restés au fond de la salle. J'avais pas envie de voir ma mère, mais Ange avait insisté : « Venez, on y va ! Stress, y aura à manger ? J'ai faim, sur ma mère ! »

Derrière nous, des grands de la place s'agglutinaient devant l'entrée. Mariolo a continué :

— Depuis que je me suis engagé en politique, j'ai toujours placé la culture au cœur de mes actions. Parce que nous sommes tous les enfants d'une culture millénaire, ancestrale, oserais-je dire. Nous ! Les enfants de Grèce, d'Italie…

— Et le stade de foot ! a lancé une voix grave depuis l'extérieur.

Mariolo s'est interrompu. Je ne l'avais vu qu'en photo, dans *La Provence* ou sur des affiches électorales.

Il ressemblait à un petit santon provençal aux joues roses, que tu installes dans un coin de la crèche sans même le regarder et que tu remballes de même après Noël. Il a levé les yeux et a continué :

— Je vais citer Jean Giono…

Il a regardé ma mère, comme pour avoir son assentiment. Elle était en apnée.

— … un écrivain que j'aime particulièrement, et qui, comme vous le savez, est né pas loin d'ici, à Manosque. Une ville que j'adore. Et je suis aussi là pour représenter le territoire départemental, ce magnifique territoire…

— Envoie les sous, Mariolo ! a gueulé une autre voix.

Le personnel de sécurité et les vieux Corses se sont agités. Des insultes ont fusé, emportées dans les rues du Panier par le vent. Mariolo s'est touché la cravate, il a toussé dans son poing. Fred essayait de trouver de l'air. Elle s'est hissée sur la pointe des pieds et j'ai croisé son regard. Elle m'a souri. Je me suis dit que pour une fois, j'étais de son côté.

Mariolo a poursuivi :

— Jean Giono qui disait : « Les jours sont des fruits et notre rôle est de les manger. » Cette phrase résonne en moi…

— Et va manger tes morts, Mariolo !

La rafale de mots est venue gifler la salle. Et c'est parti en filade. Une bagarre générale entre les grands du quartier et le service d'ordre de Mariolo. Il y a eu des vols de chaises et des cavalcades. Des « bande d'enculés », des cris de douleur et des tables renversées. Ichem et Ange ont mis quelques coups. Des femmes suppliaient : « Arrêtez ! Arrêtez ! » J'ai croisé le regard de Gisèle Carboni, affolée. J'ai vu une légion de costards bleus protéger Mariolo jusqu'à sa voiture. Les dernières insultes ont été emportées par les bourrasques. Et presque instantanément, plus rien. Juste le bruit irritant des sachets plastique quand ils se gonflent d'air, le sifflement du mistral et le frottement des feuilles mortes sur le sol. À l'intérieur du Centre, le buffet n'avait pas été touché. Il restait plus que moi, ma mère et les mamans du quartier qui regardaient leurs chaussons. Ange et Ichem avaient disparu avec les grands. Ma mère était plantée debout, devant le pupitre. Pendant toute la bagarre, elle et moi on s'était contentés de regarder. Ce jour-là, on avait compris quelque chose. Ici, au Panier, on était toujours des étrangers.

Devant les murs sales de la boutique de l'OM, sur la Canebière, des supporters végètent avec des maillots floqués sur le dos, des sacs plastique remplis de pouvoir d'achat, des gros mollets et la coupe de cheveux sapeur-pompier. Les jours de match, ils débarquent du Var, du Gard ou du Vaucluse avec leur gel dans les cheveux et leurs démarches de gens heureux. Le football a toujours fait partie de moi. Petit, j'avais tapissé ma chambre de portraits de footballeurs : Van Basten, Waddle, Belloumi, Gullit, Sammer, Ince, Francescoli, Baresi, Maradona. Je connaissais par cœur leur poste, leur palmarès, leur meilleur pied et leur nombre de sélections.

Avec Djamel, Ange et Ichem, on allait souvent au Vélodrome. On entrait à l'œil. Il fallait longer le canal de l'Huveaune, escalader le mur qui encercle le stade et attendre le bon moment. Dès que les maîtres-chiens s'éloignaient, on sautait. J'ai encore l'odeur des merguez dans le nez, les voix intrigantes des vendeurs de places au marché noir, le son lancinant des tambours et l'épaisse fumée des fumigènes qui va mourir dans les lampadaires. Quand tu montes les escaliers du stade et que tu arrives dans le virage, tu es pris par la lumière enveloppant ces milliers de visages tournés vers la pelouse d'un vert surnaturel. Et les onze joueurs, ces dieux que tu n'as vus qu'à la télé, deviennent des hommes, qui désormais t'appartiennent. Avec Ichem, Ange et Djamel, on se tenait collés à ce peuple, comme une greffe qui avait enfin pris, et on se gueulait à nous-mêmes « Nous sommes les Marseillais ! » avec une fierté qui descend du ciel et te soulève le poil. L'OM, le plus beau club du monde, le plus laid. Comme nous.

Je quitte la Canebière pour m'enfoncer dans les entrailles de la ville, le quartier commerçant de Noailles. Avec Johanna, ça fait un moment maintenant que l'on traîne l'un chez l'autre, surtout chez elle. On regarde des séries en mangeant des pizzas surgelées. Ce soir, Johanna reçoit. « J'ai invité quelques amis, des gens intéressants », elle m'a dit. Je dois m'occuper du plat principal, alors ce sera un mafé. Rue d'Aubagne, je passe devant L'Épicerie idéale, le nouveau restaurant branché, avec ses petites serveuses toutes mignonnes, ses sandwichs à 10 balles et ses plats du jour à 22 euros. En vitrine ils vendent des sacs de plage « Solidarité Noailles », pour les victimes des immeubles effondrés. Je pense à cette gamine aux cuisses de poulet que j'ai croisée la semaine dernière dans une cave de la rue Sainte où on te balance de l'électro contre des murs humides. « Mais en fait, Marseille, ça ressemble grave à Paris ! » elle m'avait lancé, comme pour me dire : « Finalement, vous avez fini par nous ressembler… » Elle avait voulu me blesser. Dans l'après-midi, elle s'était fait un déj à L'Épicerie idéale, avec trois copines, dans son tee-shirt

Metallica, son jeans skinny et sa paire de Vega. Elle avait trouvé ça « un peu reuche, mais grave bon ! ». Elle venait de passer son diplôme d'avocate mais elle avait envie d'autre chose. Faire de l'humanitaire, plutôt en Amérique latine. Ou peut-être s'installer à Marseille. Elle avait plein de potes qui habitaient déjà ici. Elle avait des expressions comme « genre », « grave » ou « trop pas ». Sur la fin, je voulais lui mordre ses cuisses blanches, mais pour lui faire mal.

Dix-sept heures, un jour de ramadan. Rue d'Aubagne, sur le trottoir de gauche, un ou deux bars tenus par des vieilles Arabes avec de l'or autour du cou et du ventre qui sort de leur tee-shirt. Elles résisteront pas longtemps, les sacs de plage vont s'occuper d'elles. Au niveau de la rue Longue, juste en face du nouveau fleuriste, une fin de bagarre. Un grand mec torse nu, très sec, qui menace des bras vers le ciel, « Wallah je vais li tuer ! ». Les flics interviennent, deux CRS et un petit roux de la BAC qui a l'air très content de son métier. Les vendeurs de cigarettes s'envolent et reviennent aussitôt. Au primeur du coin, une femme voilée, deux carottes à la main, grommelle : « Pourquoi ils les laissent pas s'entretuer ? » Elle a une gueule sombre de femme du désert. Ça fait longtemps que les fachos n'ont plus de race. Je me souviens de ces bagarres, entre les clandos et les grands du Panier. Les « rentrez chez vous ! » et les moqueries sur leur accent. Nordine et Ichem en avaient souffert.

— Tu peux porter tout l'or du monde, t'habiller Lacoste de la tête aux pieds et te faire couler un bain de parfum, tu ressembleras toujours à un brick à l'œuf, avait lâché Ange devant Ichem, en rigolant aux éclats, avec cette gueule de Sheitan qu'il aimait prendre.

Plus haut, une petite place où les Cap-Verdiens boivent des bières et se checkent comme s'ils étaient les éternels figurants d'un clip de rap. Avec Djamel, on en a passé des soirées sur cette place. Nilton, un pote du lycée, nous incrustait dans les soirées cap-verdiennes. On buvait des ti-punchs et nos nuits se finissaient à baver devant ces culs insulaires qui bougeaient sur du funaná. L'été, je sortais du quartier et je venais toucher mon shit ici, dans un petit bar silencieux posé au milieu de la ville, à l'angle de la place et de la rue Moustier. Perso, je fumais pas sur le produit que les autres touchaient : un mauvais shit coupé à la paraffine par Rachid, le chef des clandos de la rue du Refuge, un gros Kabyle à la tête d'épicier. J'allais moi-même chercher mon shit à Noailles, comme on irait chez son caviste. Je me pointais directement au comptoir et commandais un café, « avec un verre d'eau s'il vous plaît ». La serveuse, Soraya, avait des gros seins et un joli visage, plein de vécu. Ses cheveux décolorés blonds étaient tirés en chignon, elle avait des yeux en amande, vert bijou, une petite cicatrice au coin de la lèvre et une main de Fatma à son cou. Elle passait son temps à essuyer son comptoir et à insulter, en marseillais, les trois ou quatre habitués qui flottaient dans un épais nuage de cannabis. Fallait pas l'emmerder, Soraya.

Je prenais *La Provence* et j'allais m'asseoir. Quand j'étais arrivé aux pages sportives, un homme maigre, très mat, le dos courbé, venait s'asseoir à côté de moi. Une balafre lui rayait le visage. Il sentait fort le Black XS et portait toujours un 501 serré, une paire de Air Max flambant neuves, un polo Lacoste jaune poussin, et à son poignet osseux, une grosse gourmette en or grain de café.

— Combien il te fallait, mon frère ? avec une voix de promenade de prison.

L'homme sortait son shit cellophané de sa chaussette blanche et prenait le temps pour sélectionner son plus beau morceau. Il m'avait à la bonne. Quand je lui tendais mon billet de 100 francs, l'homme tirait de sa poche arrière une énorme liasse, l'ouvrait, et le glissait délicatement à l'intérieur. J'ai toujours été fasciné par le doigté sensuel du dealer.

Une fois mon morceau de résine jaune glissé dans ma chaussette, je savourais chaque instant passé dans ce décor dont plus personne ne se souvient. Je sirotais lentement ma solitude et finissais les pages sportives. Quand j'avais bu mon café et lu toutes les pages sur l'Olympique de Marseille, je retournais au comptoir.

— Combien je vous dois, s'il vous plaît ? de ma voix la plus aimable.

Ma manière de les remercier d'exister.

— 3 francs, mon gâté, me répondait Soraya.

Un des habitués réagissait toujours :

— Et pourquoi moi tu m'appelles pas « mon gâté » ?

— Va te regarder ! répliquait Soraya.

Je laissais 5 francs et remontais au quartier.

Noailles n'appartient à personne. Chacun peut venir y refourguer son iPhone, ses chaussures de sécurité, son Rohypnol, ses bananes plantains, son temps, ses rétroviseurs, ses cigarettes de contrebande, son riz cassé deux fois, sa viande halal, son boubou africain ou sa part de pizza. La rue Longue est coupée en deux par la Canebière. Côté Noailles, elle ouvre sa gueule en grand pour te vendre quelque chose au détail et côté Belsunce, elle est silencieuse comme un grossiste chinois qui transporte ses cartons sur des diables.

Ces dernières années, ils ont rebaptisé la boucherie Le Coq d'Or en « Halal Market ». Y a des tickets à l'entrée, comme à la CAF. C'est bientôt l'heure du ftour, ceux qui font le ramadan vont pouvoir couper leur jeûne. Les bouchers servent en serrant les dents et une cliente monte le volume de sa voix. « Madame, si c'est pour s'énerver, c'est pas la peine de faire le ramadan ! » lance le patron pour la calmer.

Ce soir, au dîner, y aura des gens du FIF, le festival de cinéma.

— Un kilo de viande de bœuf, la meilleure qualité s'il vous plaît ! je demande.

— Prends celle-là, y a de la gélatine dedans.

Les bouchers arabes sont de fins connaisseurs. Derrière sa flotte de vendeurs, le patron du Halal Market se frotte les mains. Rolex au poignet et cheveux gondolés : il a une allure de chanteur algérois des années 30. J'avais passé une soirée avec lui, y a longtemps, quand je sortais avec une fille du lycée qui voulait aller là où on finit par danser sur les tables. C'était à La Fiesta, un restaurant de nuit où se retrouvent les Marseillais aux chemises blanches cintrées sur leurs torses luisants. Le boucher avait parlé viande toute la soirée, avec un accent de juif du Sentier. Il a pas tellement changé. L'argent et les chambres froides conservent.

En sortant, je passe par la rue du Musée. Les toxicos qui s'y défonçaient au Rohypnol et au Lexomil ont disparu. Mais elle garde sa tête de rue à qui on peut pas faire confiance. Rue Rodolphe-Pollak, j'entre chez Papy, un vieux Comorien qui emploie des vendeurs à la journée et les traite comme du poisson séché. Derrière sa caisse, y a une photo de lui jeune, marchant sur la Canebière. Une dégaine de chanteur de souk. C'est toujours ici que j'achète le riz cassé deux fois, le gombo et le beurre de cacahuète. Il m'aime bien, Papy, il m'appelle « beau gosse ».

— Les Blancs, ils aiment trop le mafé, hein ? il se moque.

Le mafé, c'est comme aller en Afrique noire pour se foutre dans un Club Med. Il m'offre un cube d'arômes Maggie. En sortant de sa boutique, j'ai toujours une pensée pour Bilal, qui est mort là, dans cette rue, vidé de son sang à coups de lames de cutter. Pour une embrouille de place de voiture. Avec Bilal, au lycée Montgrand, une fois par semaine, on partageait un cours d'économie. On était contents de se retrouver. On se mettait au fond de la classe, juste à côté du chauffage « on profite de la France », et on échangeait nos CD de rap. Bilal était old-school. Il m'a fait découvrir Sens Unik, La Cliqua, les X-Men ou Double Pact. Le rap marseillais, c'était pas son truc.

C'était un grand type, très costaud, qui avait commencé la boxe anglaise jeune, au gymnase de la Corderie, juste derrière le Port, côté Criée. Il avait même gagné des championnats poids lourds mais la ramenait pas. Je l'avais croisé en ville, quelques années après le lycée. Il étudiait le commerce international.

— Je me suis marié, il m'avait dit avec sa grosse barbe de Frère musulman et son large sourire de mec bien.

— Et tu m'as pas invité ?

— Non ! Je voulais pas de voyou du Panier à mon mariage.

Il se foutait de ma gueule. Bilal dégageait cette sérénité des gens qui gardent le culte pour eux. J'arrivais pas à imaginer sa mort. Bilal, c'était pas le genre de mec à mourir à coups de cutter dans la rue. J'ai croisé son frère Ali en ville il y a quelques mois, vers la Joliette. Il a pas l'air de s'en être remis. Il m'a juste dit, avant de rentrer dans sa Mini Cooper :

— À huit sur mon frère… C'est pas des hommes ça.

Avec Djamel, on avait fait l'école et le collège ensemble. Comme ils l'écrivent dans les fascicules de l'Éducation nationale, on avait le même « socle ». Et un peu la même mentalité aussi. Pas comme les autres qui venaient du bled – ou Ange, de Toulon. Je sais pas si on se comprenait mieux mais on avait le même langage et les mêmes envies de filles et de boîtes de nuit. Et puis les groupes d'amis, ça bouge comme les nuages et à cette époque-là, je traînais beaucoup avec Djamel. En sortant de son BEP « électro mes couilles », Djamel avait bossé pour toutes les usines de Marseille et il avait déjà le regard un peu terne de l'ouvrier. On devait être en 99, à ce moment-là il était livreur d'électroménager pour Darty. Il me faisait bosser de temps en temps, les jours où son coéquipier, un vieux Malgache au dos abîmé et problèmes cardiaques, ne pouvait pas assurer les tournées. Le boulot de livreur de frigo et de machine à laver, en lui-même, était plutôt sympa. On pouvait passer d'une famille de Comoriens aux Flamands, dans les quartiers Nord, à un jeune couple de Venants qui venait de s'installer à la Plaine, et finir notre journée chez une petite-bourgeoise, dans une résidence gardiennée des quartiers Sud. Quand on entrait dans les maisons, Djamel était attendu comme le sauveur. Nous ne sommes pas grand-chose sans électroménager. Et cette attente que les gens plaçaient en lui, elle lui avait fait perdre le sens des réalités. Il se sentait aussi important qu'un haut fonctionnaire africain. En le regardant discuter avec les gens, je découvrais un autre Djamel. J'en pouvais plus de ces discussions de comptoir sur l'OM, la sécurité, les épidémies de grippe, les grèves du moment ou la saleté des rues. Djamel se levait tous les jours à six heures du matin, allait au bar, se prenait un café, au verre et sans sucre, et lisait le journal de la première à la dernière page. Ça lui en faisait, des sujets de conversation à la con. Il avait développé toutes sortes de techniques pour gratter un pourboire pendant qu'on installait les machines :

— Vous avez pas de prise de terre ? Ça va pas être facile, mais je peux vous le faire quand même.

À la fin, quand les gens lui filaient un pourboire, il le partageait avec la plus grande peine. Et quand on lui donnait rien, Djamel disait :

— Ne vous inquiétez pas, c'est pas grave, l'important c'est que tout fonctionne.

Et, aussitôt la porte fermée :

— Fils de pute de radins !

Passer à côté d'un pourboire pouvait casser l'ambiance pendant une heure. Djamel n'arrivait pas à s'en remettre et me désignait souvent comme le coupable.

— T'es un chat noir, Stress, sur ma mère !

Ça faisait deux ans que Djamel avait quitté le Panier. Sa mère, Latifa, avait divorcé et s'était installée dans un petit T2 refait à neuf, à Colbert, dans le quartier voisin.

Dans sa chambre, tout était rangé, bien à sa place. Un lit une place, une grande armoire et une table de chevet. La veille, sur la place des Moulins, on s'était échangé un polo School Rag et un jeans Diesel contre un polo Façonnable, un pantalon à pinces Kenzo et une paire de Tod's rouge sombre. C'est fou le bien que ça faisait de porter les habits d'un autre. C'est comme si tu sortais du magasin.

Ce soir-là, Djamel avait opté pour les Tod's, une chemise Jezequel rouge et le pantalon Kenzo bleu métal. Il tombait crème. Pas de casquette en boîte de nuit. « Cassent les couilles ces videurs », a pensé Djamel en regardant son front qu'il trouvait trop large. Ce matin, il était parti se faire couper les cheveux chez Kader comme d'Hab. Dans ce salon de Noailles, le vendredi, c'était l'usine du dégradé-coupe au carré. Et parmi tous les coiffeurs qui travaillaient là, Djamel choisissait toujours Hakim. Hakim avait une gueule de dépressif, des dents pourries et un crâne siglé de cicatrices, mais il était le meilleur coiffeur du salon. Connaître les bons, quand tu allais chez Kader comme d'Hab, c'était une question de survie capillaire. Si tu faisais pas gaffe, tu pouvais vite finir avec une coupe de Marocain de Miramas. L'été, les mecs de Berre-l'Étang, de Vitrolles, de Miramas ou de Gardanne, les villes alentour, débarquaient à Marseille pour aller à la plage, manger au Quick et tenter d'entrer en boîte de nuit. Ils roulaient souvent dans des voitures de location immatriculées 95 ou 60, ou à cinq dans une Twingo toute morte. Ils se faisaient contrôler par la première patrouille de CRS sur laquelle ils tombaient. Des victimes. Avec les potes on s'amusait à les reconnaître rien qu'en regardant leurs coupes de cheveux.

— Viens manger, mon fils ! a crié Latifa en posant le steak haché dans l'assiette de coquillettes au beurre.

Djamel était en caleçon, devant le miroir de son armoire. Il y avait coincé une photo de lui en uniforme, un Famas dans les mains. Il avait fait ses trois jours dans le Nord, à Béthune. Il avait apprécié de se lever tôt, courir, manger au réfectoire et dormir au dortoir. La discipline ne l'avait jamais dérangé. Il s'y était fait plein de potes : des Lyonnais, des Parisiens, des Dijonnais. Des bons délires.

Djamel s'était inscrit à la salle de musculation, et trois fois par semaine, il allait pousser la fonte. Il se trouvait encore trop maigre, surtout des jambes. Cette semaine il était passé voir son médecin pour se faire prescrire de la protéine.

— J'arrive, maman !

Latifa fumait une Chesterfield Bleue à la fenêtre de la cuisine, qui donnait sur un puits de lumière. Les odeurs d'épices, d'encens et de poisson séché des Sénégalais du premier lui remontaient dans les narines. On pouvait voir la vie des voisins en ombres chinoises. On entendait les gueulantes sur les enfants et les programmes télé à fond. Les femmes crier sur les maris et les hommes lâcher leurs nerfs sur les portes. Ça lui allait bien à Latifa, tout ce bordel. C'était la vie. Latifa avait mis du temps à quitter le Panier et Salah, le père de Djamel. Avant de l'épouser, elle aurait dû écouter sa mère, « les Algériens, ils aiment que leur pays » elle disait. Mais

Salah, ce qu'il aimait surtout, c'était la lumière rouge des cabarets.

Djamel, c'était son petit dernier, son seul garçon, et Latifa n'avait pas à s'en plaindre.

— C'est un bon fils, jamais de conneries, travailleur… Son seul problème à Djamel, c'est les femmes. Djamel, il est comme son père, y plaît aux femmes, elle racontait à ses copines.

Djamel s'est assis devant la table en formica de la cuisine et a ouvert sa boisson protéinée.

— C'est quoi ça ?

— C'est rien, maman.

Pour Latifa, le plus dur, ç'avait été de quitter le Panier.

« Sur la fin, le quartier c'était plus comme avant… Les murs, y tombaient en lambeaux. "Comme une peau de chibani" », elle se souvenait.

Les familles avaient commencé à accepter des propositions de relogement dans les quartiers Nord. De grands appartements neufs au Merlan, aux Aygalades, au Cannet. Dans des tours HLM plantées au milieu de rien.

Latifa avait le regard qui partait au large quand elle pensait au Panier des années 80 et 90 :

« Pendant le ramadan, on faisait des bricks et de la chorba dans la rue… Jusqu'à une heure du matin, y avait des petits de partout. Musulmans, pas musulmans ! Et de toutes les couleurs ! Ça vivait ! »

Elle avait trouvé cet appartement refait à neuf grâce à la mission locale. À Colbert, en plein centre de Marseille. Pour Latifa, il n'avait jamais été question d'aller vivre dans les quartiers Nord. Rentrer chez elle par ces bus surchargés, faire ses courses dans ces grands supermarchés et, depuis sa fenêtre, regarder Notre-Dame-de-la-Garde de loin, comme une lépreuse. Latifa disait souvent à ses filles : « Dans les quartiers Nord, les gens se mélangent plus, ils restent dans les mêmes casseroles et ça fait des plats qui sont pas très bons. »

Djamel a avalé son repas en silence, trop vite et d'un seul côté de la bouche. À gauche, il avait presque plus de dents. Hâte de nous retrouver, comme chaque vendredi soir. Il s'est levé, s'est parfumé et a embrassé sa mère sur le front.

— Tu rentres tard ?

— T'inquiète pas, maman…

— Tu sors avec qui ?

— Avec Stress.

Djamel savait qu'en disant ça, sa mère le laisserait tranquille. Pourtant, j'étais peut-être le plus diable d'entre nous tous. S'il avait dit « Je sors avec Ichem » ou même avec ce brave type de Nordine, Latifa se serait affolée. Parfois, j'avais l'impression que les potes me ramenaient chez eux comme un trophée : « Regarde maman l'ami que je me suis fait. » Je parlais bien, je me tenais correctement à table, j'avais des taches de rousseur sur le nez et, surtout, j'étais un petit Français. En plus, Latifa connaissait bien ma mère : « Fred, elle a fait beaucoup pour le quartier à l'époque. Elle a la main sur le cœur, ta mère. »

La mère de Djamel était loin d'imaginer toutes les conneries que je faisais, à l'époque. Arracher la chaîne d'une bourgeoise qui visitait le quartier et sentir l'odeur de son Chanel numéro 5. Défoncer la porte de l'appartement d'un dealer clandestin et ouvrir son matelas à coups de couteau. Entraîner un vieux pédophile anglais vers le square Protis, le prendre à coups de poing et lui faire les poches. Débarquer sur la plage du Prophète au milieu d'une soirée de petits-bourgeois, voir la peur sur leur visage et leur dire : « Allez les paillots ! Envoyez les clefs des scooters ! »

Juste pour l'adrénaline et l'écran de fumée devant ma jolie petite gueule de bien éduqué. Au quartier, il m'arrivait de croiser la BAC centre-ville. Ils m'attrapaient par le col et me plaquaient contre un mur. « On te connaît, blond ! N'oublie pas qu'on te connaît ! » Et le soir, quand je rentrais chez moi, je croisais ma mère dans le salon. Elle avait un plaid sur les genoux, une tasse de verveine dans une main et un roman de Borges dans l'autre. En fond sonore, la radio diffusait une émission de France Culture sur Pierre Boulez.

Colbert est un quartier de transition entre le Panier et Belsunce, là où passe le tram aujourd'hui. Des bâtiments haussmanniens, une grande poste, des commerces qui vendaient alors du vent, des bars à thé pour vieux blédards et une vaste place qu'on appelait « la Fac » sur laquelle traînaient toutes sortes de bestioles virulentes. C'était à cinq minutes du Panier mais quand Djamel venait nous voir, il prenait sa voiture. Il venait de s'acheter une Golf Bonjovi noire et passait ses dimanches à aspirer les sièges et à lustrer la carrosserie.

Quand il est arrivé devant sa caisse il en a fait le tour, pour scruter la moindre éraflure. Il avait pris ce toc. Et si tu étais avec lui au moment où il découvrait quelque chose d'anormal, il était capable de te demander de participer aux réparations. Un vrai lâche-rien.

Une fois à l'intérieur, il a sorti la façade du poste CD de sous le siège, l'a enclenché et a monté le son. « Last Night DJ Saved My Life ». Mariah Carey et Busta Rhymes. Au rétroviseur pendait un arbre magique senteur pomme verte. Il s'est allumé une rouge, a descendu la vitre électrique, ajusté les rétros et s'est maté dedans. Il s'est trouvé beau gosse. Il a passé la première et a pris par la rue de la République. Bientôt, ils allaient toute la refaire, les Américains venaient de l'acheter. Des fonds de pension. Il avait lu un article là-dessus dans *La Provence* ce matin. Il avait pas tout compris mais s'était demandé ce que les Américains venaient bien foutre ici. Juste avant d'arriver place François-Moisson, le début du quartier, il a enlevé sa ceinture de sécurité, baissé un peu le son et mis sa clope aux lèvres. Il était de retour chez lui, et revenir en voiture, c'était montrer que lui se levait le cul pour aller bosser tous les jours.

Dans le tournant de la rue des Phocéens, il a vu la mère d'Omar, les bras chargés de sacs de courses.

— Tu veux de l'aide, Haja ?

Ça faisait quatre mois que Omar était entré à la prison des Baumettes et Djamel n'avait pas envoyé le moindre mandat en soutien. Dans le regard de la vieille, y avait la rancœur d'une ancre de bateau.

— Je vais passer pour donner un peu, Inch'Allah.

Elle a pas répondu. « Leurs Inch'Allah, ils peuvent se les foutre dans le terma », elle a pensé.

Plus haut, entre les deux escaliers puant de pisse, il a croisé Farouk et Morocco. Ces deux racle-fonds traînaient dans la rue comme une bactérie sur une muqueuse. Farouk, torse nu, son nez de chacal, ses muscles secs d'ancien toxico et ses cheveux en arrière. Et le grand Morocco avec sa gueule d'enclume. Deux hyènes avec de la mayonnaise dans la tête et de la harissa dans les veines. Ouvrir des portes à coups de pied, vendre des bouts de bois dans de l'aluminium à des gamins, agresser au cutter, s'incruster dans une soirée de Venants pour foutre la merde. Ces gars-là, c'étaient des métastases. Il était dix-neuf heures. À leurs pieds, une dizaine de cadavres de 8,6.

— Bsartek la voiture Djamel ! T'as passé le permis ?

— Msélimeck Kho !

Dans sa tête, Djamel a pensé fort « Cinq dans tes yeux » pour se protéger du mauvais œil.

— Wesh, ça sort ce soir ou quoi ?

— On va essayer…

— Bonne soirée la famille !

On l'a entendu arriver, Djamel, dans sa Golf Bonjovi. Je me tenais près de la cabine téléphonique, place des Moulins, à descendre une bière, tandis que Nabil et Lamine étaient assis sur un banc. La nuit, dans cette fin des années 90, on sortait avec une nouvelle équipe. Les anciens de la bande, Ange, Kassim, Nordine et Ichem, n'étaient pas dans le délire boîte de nuit. Ange préférait rester au quartier, dans les bars de la place de Lenche, pour jouer à la contrée en buvant des pastis, Ichem et Nordine fréquentaient les cabarets arabes derrière le Vieux-Port, et Kassim, lui, rejoignait les siens, dans les soirées comoriennes. Avec Djamel, on avait les mêmes délires. La nuit, c'est elle qui te choisit.

Lamine était un pote du lycée. Un mec marrant, assez fin. Et c'était rare. Il était de Noailles et avait la particularité de connaître les chansons de Brassens par cœur. Nabil, lui, était un pote de Djamel. Il était pas drôle et pas beau. C'était bien d'avoir un mec comme ça dans la bande. Ça rendait optimiste. On sortait souvent à quatre. On pouvait se payer une bouteille. La dernière fois, c'était parti en bagarre. Nabil s'était fait lui-même une blondeur peroxydée avec coups de tondeuse sur le côté. Il ressemblait à un Turc de Picardie. Devant le Maxi Club, une boîte de nuit derrière le quai de Rive-Neuve, dans la partie touristique du Vieux-Port, le videur avait regardé Nabil de haut en bas et lui avait dit :

— On fait pas rentrer les blondes ce soir.

La bagarre s'était étalée jusqu'au boulevard Jean-Ballard. Et très rapidement, on avait perdu la guerre. Les videurs, c'est des animaux qui puent la protéine de dessous les bras. Après la bagarre, on s'était retranchés sur cette crasseuse de place de l'Opéra. On avait mollardé l'injustice sur son sol marbré.

— Fils de pute de videurs !

J'avais la paupière gonflée, le diable me caressait le poil. Lamine hurlait à la lune :

— Y z'ont niqué ma Versace ces gros fils de pute !

— C'est une vraie ? avait relevé Nabil.

L'œil noir, on était partis acheter un pack d'Heineken à l'alimentation de l'opéra, chez Habib le Libanais et son nez crochu qui fait pas crédit. Puis vas-y pour le tour par le Vieux-Port. On était revenus à pas de fellaghas, et depuis les restaurants à touristes qui présentent les poissons du jour sur de la glace, on avait balancé les canettes devant la porte du Maxi.

— Niquez vos morts !

On avait touché un de ces enfoirés de Noir de deux mètres, et son front avait giclé du sang. Il se tenait la tête et criait :

— Guintez-les ! Guintez-les !

Tous les quatre on avait cavalé comme des cafards qui se sont pris du Baygon plein la gueule. Notre record de peur au cul.

La nuit moite tombait sur la place des Moulins. On commençait à sentir monter ce bien-être chaud de ne plus penser à rien d'autre qu'à l'instant. Les bières, les clopes, les joints, tout ça en accéléré. Marseille allait nous ouvrir ses bras de vieille Méditerranéenne qui arrête pas de dire, « Comme il est beau mon fils ». Les aiguilles des fausses montres venues de Vintimille tournaient au ralenti et la lune nous éclairait à travers le voile du ciel chargé d'eau salée.

Djamel est monté dans sa voiture, a ouvert les vitres et a poussé le son à fond, « That's the Way » de DJ Clue. Il a sorti sa tête :

— Allez venez on bouge !

— Et ferme ta gueule ! a crié le facho du quatrième, qui avait un jour sorti sa carabine de chasseur.

— Va manger tes morts, toi ! a répondu Djamel.

La boîte, cette fois-là, c'était Le Montréal. Notre choix était limité. Les plus beaux morceaux, la Maronnaise, le Bazar ou les boîtes aixoises étaient réservés aux cheveux lisses et pecs gonflés, fils à papa en Smart ou mecs de quartier qui ont réussi. De la bonne viande tendre nourrie au grain, pas comme nous, qu'il fallait mâcher une heure avant de l'avaler. Même pas on y pensait à ces boîtes-là. Un soir, on était allés jusqu'à

Aix-en-Provence. Pour tenter. On nous avait même pas laissés entrer sur le parking. Au pire, y avait les boîtes de cramés, comme La Plage sur le Prado ou le B52 à l'Opéra. Mais à l'intérieur de ces boîtes-là, c'était *La Guerre du feu*. Les mecs, y dansaient pas, ils te tournaient autour en se tapant le torse.

Restaient les boîtes afros : Le Montréal, le Saint-James ou le Black and White. Et même là, c'était compliqué. La technique c'était d'arriver tôt, quand c'était à moitié vide. Ou de rentrer avec un groupe de filles attrapées devant l'entrée, à la volée.

— Attention ! Je viens de passer l'aspi !

La voiture de Djamel, un territoire hostile. Je me suis assis devant, et j'ai dansé du haut du corps. Depuis l'arrière, Lamine a envoyé les mains sur le poste CD.

— Vas-y, mets la 9 !

— Arrête-toi, avec ton rap de merde !

— Djamel, laisse-moi écouter Mobb Deep ! a supplié Lamine.

— Laisse tomber ton Mobb Deep ! Oh les gars, on sort en boîte ! On va pas braquer une alimentation ! Sur ma mère.

La ville a défilé sur Mase. « Tell Me What You Want ». Dans la voiture, ça sentait fort le Hugo Boss, la clope et la pomme verte. Marseille la nuit, c'est des coins sombres avec des gueules aux sourcils froncés, des têtes rasées et des filles qui marchent vite. La Golf Bonjovi est arrivée dans le quartier des antiquaires. Là où les Marseillais ressemblent à des Parisiens. Les visages se sont concentrés, la tension a monté. Djamel a fait son créneau et a tiré son frein. On n'a plus entendu que le souffle de l'enjeu.

— Stress, passe-moi le gel. Dans la boîte à gants.

Djamel s'en est étalé une bonne dose sur les quatre cheveux que le coiffeur lui avait laissés. Je suis sorti, j'ai fait trois mètres pour pisser contre un garage et me suis allumé une clope. Ma queue était spongieuse. J'avais la classe, en début de soirée. Un polo Ralph Lauren blanc à rayures bleues, un pantalon à pinces noir et des Spring Court blanches. Ma tête rasée dégageait mes traits d'enfant et mon nez piqué de taches de rousseur. Pendant que je remontais ma braguette, la fumée m'est venue dans le visage.

— C'est quoi ces chaussures, Stress ? a demandé Djamel à travers la vitre.

— Ça va… Tranquille… Ça passe…

— Eh non, sérieux, Stress, on va se faire pointer avec tes baskets !

— C'est à cause de ton front qu'on va se faire pointer !

On a marché vers la boîte en rasant les murs. À l'angle de la rue Edmond-Rostand, on a croisé un groupe de gazelles aux fesses bombées.

— Les filles, ça vous dérange pas si on entre avec vous ?

Djamel tentait toujours. C'était un commercial. Elles ne nous ont même pas regardés. Il a insisté :

— Allez, les filles, je danserai avec vous.

L'une d'elles s'est retournée. Elle était massive. D'une minijupe blanche sortaient deux gros genoux et une chemise cintrée rouge contenait avec difficulté sa paire de seins. Elle avait un cul à faire bouger une pierre tombale. Elle a posé une main sur sa hanche et nous a tous dévisagés. Sourire moqueur, mouvement de tête vers l'arrière et regard sombre. Puis elle a fait ce son de bouche des Africaines pour te dire à quel point elle te méprise. Nabil, qui était un rat insensible, s'est lâché :

— Va t'acheter des cheveux, toi !

— Qu'est-ce qui t'arrive ? Tu deviens fou ou quoi ? l'a repris Djamel, l'œil mauvais.

Nabil s'est tassé de honte.

— On se retrouve à l'intérieur, ma chérie, a conclu Djamel avec un charme surfait.

Au loin, on apercevait déjà le néon blanc au-dessus de la porte du Montréal. Une lumière franche, pour scruter chaque ride, chaque rougeur, sentir chaque peur. Une longue file silencieuse patientait devant les trois videurs et leurs biceps à faire péter les coutures. Notre groupe a avancé, fébrile, sur le trottoir étroit.

— Oh, y a du monde. J'vous ai pas dit qu'il fallait bouger plus tôt ? a lancé Nabil.

— Ferme ta bouche maintenant, l'a taclé Djamel.

J'ai donné le plan.

— Djamel et moi devant, Lamine au milieu, Nabil tu restes derrière.

— Baisse la tête, espèce de vilain, a ajouté Djamel.

On est arrivés devant les videurs, trois Noirs, que Djamel connaissait. Il a fait la bise à l'un d'entre eux et serré la main aux deux autres.

— Faites la queue, s'il vous plaît.

On s'est exécutés.

— On dirait on va à l'ANPE, j'ai dit à voix basse.

Lamine s'est pris un fou rire. Dans la queue, les conversations sont devenues sérieuses. Se faire pointer, c'était une petite mort, parler de tout et n'importe quoi nous permettait d'oublier. Lamine nous a raconté ses allers-retours à Vintimille, l'argent qu'il ramassait en faisant passer des contrefaçons à la frontière italienne. Nabil, de son permis qu'il aurait dans un mois, Inch'Allah.

— Bonsoir…

Je le connaissais, ce videur. Coco, il s'appelait. Il sortait avec une fille du lycée. Ses bras, on aurait dit des flotteurs.

— Vous êtes combien ?

— On est quatre… a répondu Djamel.

Le « combien vous êtes ? » du videur, c'est le « avec ceci ? » de la boulangère.

— C'est pas possible ce soir, les gars.

— Pourquoi ? a répliqué Djamel.

— Faut être accompagné. Mettez-vous sur le côté s'il vous plaît…

— T'en as fait rentrer tarpin qui sont pas accompagnés, s'est énervé Nabil.

— Ce sont des habitués. Laissez passer s'il vous plaît.

Le videur a légèrement poussé Djamel.

— Qu'est-ce que tu fais, là ???

Djamel est monté en pression.

— Laisse tomber, Djamel, j'ai dit.

— D'où « laisse tomber » ? D'où il me touche lui ? Sur ma mère ! C'est des fous, les gens !

Derrière, le malaise s'est installé mais personne n'a ouvert sa bouche. Devant les portes de boîtes de nuit, c'est chacun sa mère.

Ce qui nous attendait si on entrait pas : la soirée à boire des bières sur le parking de Notre-Dame, avec vue sur tout Marseille, entre couilles. Au moment où on s'était résignés à prendre notre démarche de moutons dans une file d'abattoir le jour de l'Aïd, la porte de la boîte s'est ouverte sur un souffle de coupé-décalé ivoirien. Un videur immense en est sorti : Félix Gomis, l'entraîneur de la salle de boxe des Oliviers. Pendant quatre ans, trois fois par semaine, j'avais pris le métro jusqu'à Malpassé et marché dans les allées sombres des cités HLM du Merlan pour aller répéter mes gammes de boxe thaï. Le grand Félix m'appelait « Mon petit fromage blanc ». Mais quand la cloche du combat retentissait, j'allumais avec une violence rare tous les mecs de mon poids.

Félix était avec moi quand j'ai remporté la finale des championnats de Provence au gymnase Lamartine, en plein quartier Nord, face à un jeune de la Savine. Tout l'après-midi, ceux du quartier étaient venus voir Félix pour lui dire « Ton petit Blanc là. Il va souffrir ». Il s'était contenté de sourire. Juste avant que l'arbitre donne le signal du début, toute la salle gueulait le surnom de mon adversaire, un petit Bagdad très mat de peau, tout en muscles. « Tito !!! Tito !!! Tito !!! » Un boucan d'enfer. Félix m'avait regardé dans les yeux et il avait posé ses deux grosses mains sur mes oreilles. Je n'entendais plus que les battements rapides de mon cœur et je lisais sur ses grosses lèvres rouges « Mange-le ! ». Quand l'arbitre a descendu son bras, j'ai foncé droit sur mon adversaire avec cette haine dont j'ai jamais su d'où elle venait. Feinte de front kick pied droit – saut sur la jambe gauche – droite venant d'en haut. La salle s'est tue quand le sang a giclé jusqu'à elle. Les pompiers ont ordonné d'arrêter le combat et le gros Félix est monté sur le ring en transe. Il m'a soulevé en gueulant à toute la salle :

— C'est mon petit Blanc ça ! Vous croyez que quoi ? Vous croyez que quoi !

Devant la boîte, Félix m'a fait une bise discrète, pour pas trop en faire.

— Tu viens plus t'entraîner toi ? avec son air de père de famille sénégalais.

J'ai pas répondu. Par respect ou par timidité. Tout le monde a compris. Coco est revenu sur son premier coup de marteau. Il a écarté ses bras pneumatiques :

— OK, allez-y !

Dans le sas d'entrée, Michel, un vieux Corse aux joues creuses et aux cernes violets, était derrière la caisse. Les poches se sont retournées et ont craché des billets froissés. Une bouteille de JB à quatre. Avec du jus d'ananas et du Coca.

À l'intérieur, le coupé-décalé a envahi nos corps vibrants. J'ai fait mes premiers pas. Lamine m'a suivi. On s'est tapé la main. Tout n'était plus que gestuelle. Maintenant, on allait se postillonner dans le creux de l'oreille pour raconter des conneries heureuses. On s'est répandus dans des banquettes feutrées, en se prenant pour des importants. On fumait clope sur clope. On matait les filles qui entraient. On était encore beaux. La bouteille est arrivée avec une serveuse caramel, chignon et minijupe collante. À lui lécher la peau. Djamel a servi le whisky-Coca. Le son décollait les tympans. Des corps parfumés remplissaient lentement la casserole. J'ai vu passer le groupe à Fafa, un ancien skin qui avait adopté le style gangsta rap. Il traînait avec un cheminot qui avait joué dans un porno gay et

David, un faux gars qui était dans le même lycée que moi, et que j'aimais pas.

Le JB a rapidement pris un coup. On a fait tirer le dernier verre pendant une heure et puis les serveurs nous ont demandé de quitter les banquettes. J'ai dansé sur du ndombolo. Saoul, je savais faire. C'est Kassim qui m'avait dit un soir : « Y a pire qu'un Blanc qui sait pas danser… un Blanc qui croit qu'il sait danser. » Un groupe de filles m'a entouré. Elles avaient des culs moulés dans des calebasses. À deux heures du matin, en boîte, les corps sont prêts. Elles touchaient le sol avec leurs mains et montaient leur cul vers le ciel. L'heure tournait vite et quand je suis retourné vers notre ancienne table, Fafa, David et le cheminot enculeur avaient pris place sur nos banquettes avec du champagne et des filles sur lesquelles t'avais envie de dormir. « Ici, elles aiment que les beaufs », j'ai pensé. Je me suis jamais expliqué mon manque de succès avec les filles. Mon visage régulier, mes yeux verts et mes muscles saillants ne suffisaient pas. Elles avaient un instinct pour sentir le mensonge qui collait à chacun de mes gestes. Et me rapprocher d'une d'entre elles, c'était prendre le risque d'être démasqué. Le DJ a envoyé sa séquence de zouk-love antillais. Djamel était déjà collé à une fille. On aurait dit qu'il prenait dans ses bras un arbre fruitier. J'ai tourné la tête. Nabil était assis, seul, au fond de la boîte, et Lamine, lui, parlait à l'oreille de la serveuse. Le zouk miaulait sa détresse insulaire.

« Je sais qu'il faut nettoyer
Retirer de ma mémoire
Nos souvenirs à deux »

J'étais un orphelin dans une fête foraine, devant le stand pommes d'amour. J'essayais plus de demander aux filles de danser avec moi. Trop de refus. Dans ma tête tournait une théorie paranoïaque sur le racisme inversé. Je me disais que les filles noires avaient honte de danser avec moi. Que ça faisait d'elles des putes, d'être avec un Blanc. Je m'étais habitué à n'être que le voyeur passif des danseurs de zouk-love qui se frottaient au ralenti à t'enfanter sur la piste.

Et soudain, une fille est apparue entre ces corps serpents.

« Nous rions souvent
Nous avons passé du bon temps
Pourquoi pas plus de temps ? »

Elle était assise en hauteur, sur un caisson de basse, ses jambes pendaient au-dessus de la piste. Elle avait posé son visage de masque africain dans sa main droite. Une peau lisse comme un savon noir. Les spots colorés se reflétaient sur son front brillant. Ses tresses plaquées tiraient en arrière ses yeux félins. Je ne voyais qu'elle. J'aurais voulu m'approcher de ses petites oreilles. Lui dire que si j'étais ici, dans cette boîte, c'était un malentendu. Que j'étais bien mieux que ce que j'en avais l'air, puant le tabac et le whisky. Que tous les jours, si elle le voulait bien, j'irais la chercher en bas des longs immeubles de la Castellane, où elle était hébergée chez un ami de son père, entre les réseaux de shit et les Gitans qui roulaient sur des quads, torse nu. Elle sortirait en claquettes au milieu de cet enfer bétonné, dans une robe d'intérieur, le port de tête noble. Et on irait se mélanger dans des parcs, sur les plages, des banquettes de voiture, des hôtels Formule 1. Je lui ferais découvrir le McDo, les multiplex, les bowlings des zones commerciales. On goûterait ensemble à tous ces plaisirs de Français moyens. Tremper nos nuggets dans de la sauce chinoise et regarder les films les plus insipides, pour que rien ne vienne perturber notre bonheur le plus simple.

« Oh mais c'est difficile
De faire le ménage dans ma tête
De nettoyer mon esprit
De toutes ces pensées »

Elle m'aurait appris quelques mots de son ethnie. On parlerait de ses oncles qui vivent dans des foyers de banlieue parisienne à quinze dans la même chambre et font ces voyages interminables dans le RER pour sécuriser des centres d'art et des grands magasins. Rester debout, toute la journée. Ces boulots dont les Blancs ne veulent plus. Pour avoir le droit de bosser, ils s'échangent leurs papiers entre eux, parce que « pour vous, tous les Noirs se ressemblent ». J'aurais son goût au bout de la langue. Elle, le visage inquiet de celle qui n'a pas appris à mentir. Elle m'aurait dit : « Ça va être dur pour qu'ils t'acceptent. T'imagines pas, je crois. » Je l'aimerais au point d'accepter de devenir l'acteur de la plus grande des comédies. Et bientôt, les autres filles du quartier ou du lycée ne seraient plus, à mes yeux, que des imitations d'Africaines, aux cerveaux abîmés par le réseau hertzien et l'affichage publicitaire. Qui feintent leur culture dans les centres commerciaux et la ramènent sur une culture qu'elles ne connaissent plus.

« Qu'il faut que j'abandonne
Me résigner, c'est insensé
Je sais que je dois sourire
Mais faire la comédie
Devant les gens j'en ai pas envie »

Elle se ferait pressante. Demander sa main aux oncles, payer sa dot, et lever l'index en l'air en répétant quelques sourates en arabe. « C'est pour qu'on soit libre », elle m'aurait dit. Je jouerais la montre et à force de se mélanger elle serait tombée enceinte. En une matinée ce serait réglé. Un gros cachet et quelques heures plus tard un énorme mal de ventre. Je lui tiendrais la main dans les couloirs de l'hosto. On partagerait une tarte à la framboise à la cantine de l'hôpital Saint-Joseph en plongeant nos yeux fatigués dans le néant de cette histoire impossible. Pendant des semaines l'enfant reviendrait dans son sommeil. Elle appellerait son marabout au bled, pour qu'il fasse des prières et tue un mouton. Histoire de sauver son âme. Elle dériverait dans des délires mystiques. Et je continuerais à laisser traîner. Enfouir ma tête dans le sable, c'est ma spécialité.

Elle finirait par trancher. Elle aurait assez perdu de temps. Là, elle se replongerait dans ses fiches bristol d'étudiante. Et je ne serais plus qu'une ligne. Qu'on recouvre d'un coup de blanco.

Mais je pourrais pas l'oublier. J'irais l'attendre à la sortie de la fac. Elle passerait devant moi comme si j'avais jamais existé. Après son master elle retournerait vivre chez elle, à Dakar. Un cousin éloigné la ferait entrer au ministère de l'Économie et des Finances. Elle reviendrait en vacances en France, mais jamais à Marseille. Elle se ferait construire une maison sur la route du nouvel aéroport de Dakar, et autour de son plat de riz-poisson, elle aurait deux garçons et une fille, et un mari cadre supérieur à la Banque centrale des États de l'Afrique de l'Ouest. Chaque fois que je passerais à côté d'une vieille Sénégalaise, je me rapprocherais d'elle, juste pour sentir cette odeur forte d'encens. L'odeur de mes regrets.

« Tu me manques
Oh tu me manques
Ou ka mantjé mwen
Tu me manques »

Le coupé-décalé est revenu. « 1er Gaou », de Magic System. Une chanson sur un gars dont la copine repart vivre avec son ex-petit ami. Une histoire un peu tordue qui dit que le premier amour restera toujours le plus fort. La piste s'est remplie comme un souffle chaud. J'ai tenté d'avancer, mais la fille avait disparu. J'ai senti une main sur mon épaule.

— Viens, on bouge, je te ramène ! m'a postillonné Djamel dans l'oreille.

— Et les autres ?

— Bas les couilles des autres.

— Donne-moi une cigarette ! j'ai demandé.

— Y m'en reste deux.

— Vas-y donne !

— Tiens ! Je t'attends dehors.

Je me suis rassis, j'ai fumé ma rouge. Une fois finie, je l'ai écrasée sous ma paire de Spring Court noires de crasse, et je me suis dirigé vers la sortie.

— Bonne soirée !

À la lumière du jour, le videur redevient un simple humain.

— Ton ami t'attend à la voiture, il a ajouté.

Ma mère disait souvent que je jouais au dur mais que j'avais un cœur d'artichaut. Elle avait raison. Ce soir-là, au Montréal, j'ai perdu toutes mes feuilles.

Avec ma barbe naissante, mon grand sac Ikea, mes rides et mes yeux fatigués, je ressemble de plus en plus à un Venant en galère. Ma mère m'a inscrit au Panier Bio. Tous les lundis soir je retourne au quartier pour partager avec elle une distribution de fruits et légumes. Je prends par la montée des Accoules, qui se penche en avant en bombant son cul de vieille cagole. À force de porter trois escaliers, une église et deux écoles, elle morfle de sa scoliose.

À cette heure-ci, les touristes la descendent et la montent. Leurs têtes pivotent dans tous les sens pour rien rater. Céramistes, décorateurs, ateliers de fer forgé. Dans un renfoncement, une boutique qui vend Marseille : des magnets de Notre-Dame, de la bière artisanale de la Plaine, du savon, des cigales en céramique et de la lavande. Plus loin, une galerie d'art qui expose des sculptures de bustes et de visages inquiétants. Une impression de vu et revu. À t'en filer la nausée. Au fond de la galerie, assise derrière un bureau, une femme blonde d'un âge certain, qui attend que la porte s'ouvre sur son air climatisé. Peut-être la sculptrice ? Une fille de famille qui a décidé de s'exposer elle-même ? Quand ma mère n'était pas vraiment convaincue par une œuvre, elle disait : « L'important c'est de faire. » Elle avait compris que les artistes étaient de toute façon hermétiques à la critique. Ses étudiants l'appréciaient. Alors qu'ils s'en prenaient plein la gueule avec les autres profs des Beaux-Arts, Fred parvenait toujours à faire passer quelques remarques sur leur travail, sans en avoir l'air, en les caressant dans le bon sens. Elle était redoutable.

Je prends la triste rue du Poirier. Beaucoup de ses entrées d'immeuble ont été murées par les services de la ville. Au 2 vivait la vieille Mariani et sa tête de pioche. J'étais monté chez elle, à la sortie de l'école, pour voir son mari gisant dans le lit conjugal. Je me souviens de sa peau verte de fumeur de Gitanes, de ses cernes bleus et de la fraîcheur de la chambre du mort. Mme Mariani pleurait, une pluie de série B. Et son géant de chien, au regard de fossoyeur, hurlait plus fort que le clocher des Accoules. Les Corses et les Italiens aux gueules de fruits de mer attendaient silencieusement leur tour dans la rue, à l'ombre. Ils avaient des lunettes noires et des gros poignets de bébé. Les enterrements, c'est peut-être le seul moment où les Marseillais ferment un peu leur gueule.

Je me souviens du vieux Mallaroni, au 16 de la rue du Poirier, qui ne bougeait pas de devant sa porte. Si tu t'approchais, il te déballait tous ses problèmes de santé et finissait par : « Je sais pas comment je suis encore vivant à te parler. » Au 22, Zahir, sa jambe folle et son père Momo qui lui filait des raclées à te faire monter un frisson dans la nuque. Enfant, Zahir était le plus grand voleur du Prisunic de la rue de la République.

Plus tard, il m'avançait des plaquettes de shit à crédit que je revendais au lycée. Il avait un sourire carnassier et un petit appartement tout sombre, rue des Muettes, avec des filles qui traînaient dans ses draps. Il s'est pris quatre balles dans la tête.

Au 24, la famille Lamini, cinq frères, tous teints en blond avec trois boucles d'oreilles sur chaque oreille, des jeans usés et une Golf cabriolet blanche garée dans la rue. Ils avaient pas compris que George Michael était gay. Leur sœur, Leïla, était ma première amoureuse. Elle a fini en prison. Pour proxénétisme.

Du 33 au 39, des millions de Comoriens vivaient là, dans le bidonville de Papa Sanchez. Quand tu t'aventurais dans les escaliers tortueux de cet îlot, tu pouvais passer d'un atelier de couture à une friture de pilons de poulet, d'un vieux en train de prier aux ébats d'un jeune couple qui faisaient trembler les murs. Toute une petite ville qui sentait tellement fort quand ça entrait dans tes narines.

Au 41, la famille Fellous. Des trois frères et sœur, il restait plus que Yazid et sa mère. Dernier survivant des années aiguille, Yazid traînait torse nu, avec un couteau papillon de 20 centimètres planté dans la poche de son jeans. Quand tu lui tapais la bise, tu te cognais contre ses pommettes humides de sidaïque qui sentait fort l'after-shave. Yazid, c'était une légende du Panier. Le seul toxico que tout le monde respectait. Ils l'ont trouvé mort sur un banc de la place Victor-Gélu, au pied du quartier, sur cette place de merde toute sombre, qui sert à faire chier son chien et garer sa voiture.

La place des Moulins n'a toujours pas été réaménagée. Ils parlent de dégager les voitures et les énormes pots qu'ils avaient déposés, de nuit, pour nous empêcher de jouer au foot. Ça nous avait fait passer à l'ère d'après : traîner sur les bancs, boire des bières, fumer des joints, dealer du mauvais shit et fendre la nuit de nos rires de cave. Farouk et Morocco avaient rappliqué comme des moustiques au-dessus d'une rétention d'eau. Ils nous avaient filé leur maladie d'affreux, sales et méchants.

Ce soir, Fred s'occupe de la distribution des œufs. Elle passe sa retraite à courir la ville pour assister aux conseils d'administration de quantité d'associations. Elle met son nez partout où elle le peut. Elle tisse des liens. Ce qu'elle a toujours fait. Une cinquantaine de Venants attendent, un sac à la main, devant les étalages de fruits et légumes. Ils forment une longue queue disciplinée et discutent gentiment. Je me place à la file. Personne que je connais. Je suis devenu un étranger dans mon propre pays. J'ai devant moi tous ces gens « incroyables », qui manifestent pour le logement décent, contre la gentrification, qui sont solidaires des sinistrés de la rue d'Aubagne et qui vivent là où Djamila vivait, là ou Ichem vivait, là ou Djamel vivait. Dans des appartements que la mairie a laissés pourrir et qu'ils ont rachetés, pour rien, et entièrement refaits, décorés et bien chauffés.

Au fond de la place, seul sur un banc, mon vieux pote Kassim. C'est le seul à être resté au Panier. Il n'a pas encore compris que le quartier ne voulait plus de lui. Après sa séparation avec sa femme, Djamila, il est resté pendant deux ans avec une vieille Française au visage craquelé. Elle a fini par le foutre dehors en appelant les flics. Nordine l'a pris quelques mois chez lui. Mais il était devenu un autre, submergé par ses monstres. Il entendait des voix. Aujourd'hui, il squatte au dernier étage de l'îlot de Papa Sanchez. On le voit apparaître parfois sur la terrasse, un foulard noué autour de la tête et un sabre dans le dos.

J'ai croisé son ex-femme, Djamila, il y a quelques mois, entre deux métros, station Saint-Charles. Quand Kassim a pété les plombs, elle est partie à Maison-Blanche, ses deux gamins sous le bras, dans un de ces quartiers que les urbanistes ont mis sous camisole de force. Des façades cramées, des poubelles dans les cages d'escalier, des rats qui te passent sous les pieds et des réseaux de shit en bas des blocs.

Loin de tout, coincé entre les puces, le centre de rétention d'Arenc, les casses auto et les autoroutes.

— Ça va oui, c'est bien, Maison-Blanche. Atou, c'est un homme maintenant ! Il fait presque deux mètres. Il s'est engagé dans l'armée. Il s'est marié. Il est à Toulouse. Avec une Comorienne… Hadji par contre, c'est un vrai diable. Je sais pas ce que je vais faire de lui. Passe le bonjour à ta mère.

Depuis l'autre rame je l'ai vue s'engouffrer dans le métro, direction Bougainville, avec des énormes sacs plastique Leader Price dans chaque main.

Kassim se lève brusquement. Il marche, torse nu, au milieu du brouillard de sa schizophrénie. Il a gardé sa cage thoracique épaisse et ses muscles de Massaï.

« Il est resté très beau, ce Kassim ! D'abord, ces très longues jambes et puis ces yeux très noirs… et les dents blanches qu'il a, ce garçon ! » m'avait dit un jour Fred qui regarde les corps comme un acheteur de bovins sur un marché.

Je tends mon sac à une fille blonde qui porte des bas colorés et une paire de Kickers roses.

— Un panier entier s'il vous plaît !

Elle y met des asperges, des blettes et me demande :

— Céleri-rave ou chou-rave ?

Que répondre ? Kassim s'approche lentement et pique deux abricots dans un cageot. Les têtes se baissent. Seule Fred intervient :

— C'est ça ! Va t'asseoir maintenant !

Il la regarde fixement, puis se tourne théâtralement et scande, en levant les bras au ciel :

— Merci les héritiers !

Il a toujours eu le sens de la réplique. Puis il retourne sur son banc et croque dans les fruits. La distribution reprend, plus pressante. Des épinards, de la salade, du melon. J'arrive sur Fred, on s'embrasse pas, on a pris cette habitude de corps froids. Kassim se remet à gueuler :

— Des héritiers qui ressemblent à des clochards !

Fred, un peu inquiète :

— Tu veux pas rester un peu, je le sens pas ce soir, Kassim.

— Qu'est-ce que tu veux que je fasse ?

— Je sais pas… Va lui parler !

— Il me reconnaît plus.

Soudain Kassim court se jeter sur une cagette et la renverse. Ça s'affole dans la queue, on entend des voix de femmes, « Mais ça va pas la tête ! » Je m'approche de lui et l'attrape par le bras.

— Ça va, Kassim, calme-toi !

— Comment « calme-toi » ? en dégageant son bras.

— C'est moi ! Stress… Pour de bon, Kassim, calme-toi, je lui fais avec une voix d'hôpital.

— Tu me prends pour un fou ou quoi ?

Il a du khôl autour des yeux, ça lui donne un air de pirate.

— Jamais de la vie ! Viens, on va s'asseoir un peu.

Il hésite et finit par me suivre.

— Tu te rappelles, Kassim, tu m'appelais « beau gosse » quand j'étais petit.

Il répond pas.

— Tu te rappelles quand tu montais aux lampadaires, frangin ?

Toujours rien.

— T'étais notre capitaine, Kassim !

Entre nous le silence s'installe comme une brume sur une roche marine. Je me souviens du jour où il s'est battu avec un policier à la retraite, aux calanques de Sugiton. Ils avaient fini en se serrant la main. De ce tacle par-derrière qu'il avait fait à un Comorien en demi-finale du tournoi de la Busserine. C'était parti en bagarre générale. Même les mecs de la buvette nous étaient tombés dessus. J'entends son rire de fou dans ces nuits qu'on passait à jouer aux cartes, éclairés par les lampadaires jaunes de la place. Quand est-ce que tout est parti en couille ? Qu'est-ce qu'on a pas vu venir ? Lentement Ange s'est laissé glisser dans ses délires de dealer. Ichem revenait de temps en temps sur la place, pour montrer sa 206 cabriolet, sa dernière paire de Nike Requin et nous faire sentir sa forte odeur de parfum. Nordine s'est tué à aller se faire exploiter par son cousin mécano, pour 30 euros par jour. Et Djamel a continué à traîner un peu au Panier et puis plus rien. Je le voyais en ville de temps à autre. On se faisait un café, on se fumait une clope et c'était plus pareil. De mon côté, j'ai eu des emplois aidés dans des associations culturelles qui ont fini par me dire : « On peut continuer à nous aider nous-mêmes, mais toi, on peut plus… » Sous Sarkozy, je suis devenu autoentrepreneur, dans la vidéo événementielle. J'ai filmé des danses tribales de banquiers devant un quatre-étoiles à Courchevel, des employés de laboratoires pharmaceutiques faire des courses en sac et des directeurs de magasins Carrefour monter sur des tables après un cinquième verre de rouge. J'ai réalisé toutes sortes de films dont j'étais moyennement fier. Et le week-end, j'allais me noyer dans des piscines de gin tonic et des traces de cocaïne. Je chopais la bouche d'une Venante dans les toilettes et je rentrais chez moi, seul, comme un personnage de jeu vidéo qui a perdu une vie de plus.

J'avais revu Ange de temps à autre. Il me filait un gramme de cocaïne et me saoulait avec ses histoires de cul sur Tinder. J'avais passé quelques soirées à jouer à la Play avec Nordine. À la fin, il me servait la mélasse complotiste qu'il s'était mise dans la tronche en laissant traîner son cerveau sur YouTube. Je vois Ichem tenir une Marlboro de contrebande entre ses petits doigts tachetés de henné, Kassim me dire un jour sur la place : « Stress, viens on se bat, juste comme ça. Je sens que tu veux te mesurer à moi. » Djamel se taper une série de pompes avant d'arriver à la plage : « Stress t'as vu mes pecs ? » Nordine me montrer timidement un de ses dessins : « C'est mon quartier d'enfance à Alger. » Je les vois se présenter devant moi intacts et magnifiques, au plus haut de leur jeunesse. On en était restés à cet âge où l'on ne se dit rien et aujourd'hui, j'éprouvais le besoin de leur parler de la plus simple des manières, comme le font les gens normaux lorsqu'ils passent à table. Ichem, tu te rappelles la mort de Hasni ? Ange, tu sais que j'ai jamais aimé Toulon. Toi qui as grandi là-bas, tu la vois comment cette ville ? Kassim, je t'ai jamais posé la question, c'est quoi ton opinion sur l'indépendance des Comores ? Nordine, quand tu regardes le tableau d'un grand peintre, comme Van Gogh par exemple, ou Picasso, est-ce que tu te rends compte du génie du type ? Parce que moi non. Djamel, dis-moi, c'est quoi pour toi être un bon père ? Juste pour entendre leur voix d'adulte. Leurs rides sur le front, leurs petits sourires en coin, leurs silences et leurs éclats de rire.

C'est vrai qu'ils ont l'air sympa ces gens du Panier Bio. Mais j'arrive pas à m'empêcher de penser que le monde qu'ils travaillent à rendre meilleur, c'est avant tout celui dans lequel ils vivent. Sur le banc, à côté de moi, Kassim a les yeux révulsés. Je fronce les sourcils, déplie mes jambes et pose mes deux pieds à terre. Qu'on en finisse.

— Donne-moi une cigarette ! il lâche, sans me regarder.

Comme s'il allait me taxer.

— Tu m'as pris pour une victime ou quoi ? je lui réponds sèchement.

Il me fait un léger sourire, se lève, marche trois mètres, s'arrête, lève sa main droite, et sans se retourner il m'envoie :

— Déstresse, Stress !

Vingt-deux ans que Ichem et sa sœur Rabia ont quitté le Panier. Ils ont acheté ici, entre les HLM du parc Kallisté et ceux de la Solidarité, juste derrière l'hôpital Nord. Une villa avec garage, petit jardin, piscine hors sol et barbecue. Ichem travaille de nuit, juste en bas, à Saint-Antoine. Il est maître-chien à l'hôtel B&B. Un bel établissement, avec beaucoup de passage. Il s'entend bien avec son patron, qui l'augmente un peu chaque année. Ichem a fait construire deux maisons au bled, qu'il loue 400 euros par mois chacune, dans la banlieue d'Oran. Il n'a pas à se plaindre et dès qu'il sent se poser sur lui des yeux de jaloux, il touche la petite main de Fatma en or qu'il porte autour de son cou et dit : « Cinq dans tes yeux. »

À l'hôtel, il a remplacé un vieux Tunisien qui travaillait là depuis plus de trente-cinq ans. Quand il a pris son poste au parking, Ichem voyait tous les soirs des voitures entrer et sortir, avec les mêmes filles assises côté passager. Il a vite compris qu'un réseau de tapin s'était installé et que le vieux tounzi avait fermé les yeux. Un soir, Ichem est allé voir les filles une par une :

— Maintenant vous allez vous faire niquer ailleurs !

Si le vieux avait laissé faire, avec lui c'était rlass, « ça suffit ». Les filles ont répondu :

— Comment tu parles ? Va te laver les dents, espèce de clando !

Trois jours après, deux jeunes sont venus lui rendre visite. Un Arabe et un Comorien, dans une Porsche Cayenne. Ils avaient des figures de mecs qui rigolent pas, des lunettes teintées et une proposition formulée à voix basse.

— Tu peux même te faire sucer tous les soirs si tu veux.

Ichem a toujours été un fou de cul. Et il était bien placé pour savoir toutes les emmerdes qu'une bite qu'on sait pas tenir peut t'amener. Il leur a répondu, en prenant un air de misquine :

— Les gars, moi je travaille, alors respectez mon travail s'il vous plaît.

Les mecs ont simplement dit :

— T'es sûr de toi ?

Et ils sont repartis avec des rictus inquiétants. Ichem a vu les phares arrière de la Porsche Cayenne fondre dans la nuit marseillaise et il s'est dit : « Ce qui arrive arrive. »

Pendant un mois, les filles ne sont plus venues, et un soir, la petite cabine à l'entrée de l'hôtel où il passe ses soirées à mater des séries, des rediffusions de match de foot et des pornos s'est fait rafaler, trois fois. Ichem était en train de pisser à l'extérieur. Son chien, Sheitan, un rottweiler plus grand que lui, s'est pris une balle et hurlait à te retourner le sang de la veine.

« Ils ont tué Sheitan ces enculés ! » il avait sangloté à sa sœur Rabia au téléphone. La semaine d'après,

Ichem était de retour au boulot, avec sa mahjouba à la viande hachée, son thermos de café, son paquet de Marlboro et son nouveau chien, Démon, un petit staff gris et incontrôlable.

« Y a dégun qui touche à mon CDI. Sur ma mère, c'est pas des hommes ! » il avait dit à la fille de l'accueil.

L'histoire s'est tassée. Ichem connaissait la moitié des chefs de réseau du parc Kallisté et son neveu Wawa était réputé pour être un casseur de têtes. Et à force d'ouvrir la barrière de son hôtel à tous ces mecs de quartiers qui venaient tromper leur femme en sortant de boîte de nuit, Ichem était devenu un genre de gardien du péché originel. Une sorte de saint Pierre de la baise, avec une bonne tête d'Oranais qui avait toujours le sourire. Et garder le sourire, à Marseille, ça peut aider.

Aujourd'hui c'est le mariage de son neveu Wawa. Un gentil garçon, connu pour avoir l'alcool mauvais et finir ses soirées à se battre sur les parvis de boîte de nuit. Un gros bébé d'un mètre quatre-vingt-dix avec le visage marqué, et à qui on n'a jamais rien refusé. Wawa a arrêté l'école en troisième, roule en Mercedes Classe A et passe ses journées à jouer à la Play. Il a 22 ans et n'est jamais entré en prison, mais un jour la police criminelle est venue taper à la porte de la maison. Rabia a cru mourir. Wawa devait être entendu, pour une histoire de meurtre.

Trois jours avant, un vendredi soir, Wawa s'était installé dans sa Mercedes Classe A et s'était mis « J'oublie tout » de Jul, à fond.

« Ce soir j'oublie tout
J'cherche mon chemin, j'fais des détours »

Il était passé par les Aygalades, pour récupérer son ami Lyes. Ils devaient sortir en boîte, à La Joïa, à Aix. Pour se mettre bien, ils sont allés se prendre une Absolut Vodka à l'alim Chez Amidou, à Sainte-Marthe. Sur le chemin, Lyes lui a dit :

— Change un peu la musique, le sang, non ?

Wawa lui a répondu en reprenant le refrain :

« Ce soir j'oublie tout et quand j'repense
à ce jour
J'me dis qu'la vie est courte, on partira tous
un jour
Alors j'm'en tape de vos discours, derrière
le bonheur moi je cours »

Wawa s'est garé en double file devant l'alimentation et Lyes est sorti de la voiture en disant :

— Red Bull ou Pomme, le sang ?

— Prends les deux ! Et n'oublie pas les verres, le sang !

Au bout de cinq minutes Wawa a vu le petit Lyes sortir de l'alimentation et au même moment un TMax noir s'est arrêté devant lui. Dessus, deux mecs qui portaient des casques intégraux. Celui de derrière a sorti une kalach et il a vidé son chargeur sur Lyes. Wawa a vu les fruits et légumes de l'étalage se déchiqueter et le corps de son ami rester debout et bouger comme un pantin à chaque impact de balle. Le soir même, aux flics, il dira : « J'ai rien vu. »

À la fin du ramadan suivant, au Newport, la salle de mariage qui donne sur la plage de la Pointe-Rouge, il a rencontré Linda. Une Kabyle d'Allauch, un petit village provençal niché dans les hauteurs de la ville. Linda est une fille de famille, blonde, yeux bleus, petite de taille, au fort caractère. Elle travaille dans l'immobilier et devrait reprendre l'agence de voyages de ses parents, spécialisée dans le Maghreb et les pèlerinages à La Mecque. Rabia, la mère de Wawa, s'en méfie comme de la peste. Elle voit bien que Linda mène déjà son petit Wawa par le bout du zeubi. Elle a sorti ses yeux d'Oranaise quand la famille de Linda a parlé de contrat de mariage.

« Qu'ils le fassent leur contrat de mariage et qu'ils se le mettent dans le terma. Tu crois qu'on a attendu après eux, nous ! »

Ce matin, pour le mariage, Ichem s'est levé tôt. Première mission, après son café-clope, aller chercher la Maserati à Saint-Louis, chez Georges, un facho qui arrive plus à louer ses caisses de luxe depuis qu'il a posté des selfies de lui avec Marion Maréchal-Le Pen sur sa page Facebook. Du coup, il brade la location à 1 500 euros la journée. Et Ichem peut même garder la voiture le soir. À ce prix-là, la politique, à Ichem, ça lui passe au-dessus comme un avion Air Algérie. Faire rugir cette Maserati jaune poussin, ça lui fait monter les poils sur les bras. Il rentre à la Castellane, touche un pochon d'herbe, passe récupérer le pain à la boulangerie des Aygalades, et s'arrête chez Walid Hair Style pour se faire faire un dégradé. Sur le retour, il remonte par le parc Kallisté. Au mois d'août, les quartiers Nord ressemblent à un pays en guerre. Les familles se sont entassées dans les bus pour les plages de Corbières ou du Prado. Y reste plus que les guetteurs des réseaux de deal, posés sur leurs petits scooters colorés, avec leurs tee-shirts Yamaha fluorescents. Et en bas des tours, les charbonneurs qui vendent leur shit en rentrant les épaules.

Quand il arrive à la maison, Rabia est en train de se faire tirer les cheveux en brushing. Elle est nerveuse.

— T'étais où, Ichem ?

— Il est où Wawa ?

Dans la famille, on a l'habitude de répondre à une question par une question.

— La mairie c'est à quinze heures ! Oh, y a que moi qui suis normale ici ?

Ichem ne répond pas et file dans la chambre du marié. Hier soir, son neveu est sorti en centre-ville avec ses amis. Il est rentré à six heures, puait la vodka-Red Bull et reniflait comme un sanglier. Ichem ouvre les volets de sa chambre :

— Lève-toi ! Les photographes vont arriver !

— Ça va tranquille, tonton, répond Wawa, la bave dans le coussin.

Dans la chambre du neveu, un écran plasma, une PlayStation et une chicha au sol.

— Comment ça tranquille ? Tu te maries dans trois heures, ô fou que t'es ! Lève-toi !

Ichem a loué le meilleur orchestre : trois derboukas, un joueur de trompette et un chanteur qui vient spécialement de Constantine. Comme photographe, il a pris Sofiane Image. Le meilleur de la ville, d'après son coiffeur. Comme Ichem est nul en négociation, ça lui a coûté un bras. 1 800, photos et vidéo. Une fortune. Mais la seule volonté de Wawa pour son mariage était :

— Prends un caméraman qu'y filme bien les cortèges.

Et quand il a rencontré Sofiane pour lui filer un acompte, ce dernier lui a dit :

— T'inquiète… Pour la vidéo, je te ramène le meilleur.

Ichem a commencé à trouver un peu louche ce monde où tout le monde est le meilleur. À Oran, il en a vu passer des mecs qui se pointaient dans les mariages avec leur appareil photo et se prenaient pour des artistes. Ichem voulait juste faire plaisir à Wawa et à sa sœur Rabia. Et puis, le film c'est surtout pour envoyer au bled. Pour montrer.

— Il est où, cet âne de Wawa ? dit Rabia, qui vient de sortir du maquillage.

Dans sa bouche, y a des couteaux de cuisine.

Wawa débarque torse nu dans le salon.

— Tonton, il est où mon costume ?

— Et lui… ! Allez dépêche-toi ! crie Rabia.

— Ça va, maman ! répond le neveu, la bouche pâteuse.

— Regarde dans ton armoire ! crie Ichem.

Dans le salon marocain, les femmes chargées d'or et de mascara dansent sur le tube « Sidi Habibi ». Des enfants circulent en petit costume ou robe de princesse. Ichem attrape les mains de Rabia. C'est la première fois qu'ils dansent comme ça tous les deux, le frère et la sœur. Ichem pense à sa mère, qui s'est sacrifiée pour qu'il vienne vivre en France et qui est morte avant de pouvoir voir sa réussite. Toutes ces années de galère sans papiers à raser les murs de la ville. Aujourd'hui, tous ces gens qui sont venus pour eux, toutes ces voitures devant leur portail. Les larmes lui montent.

Pour aller bosser, ma mère m'a prêté sa Clio blanche avec des traces de rouille sur les côtés.

— OK, mais tu me la ramènes demain matin à la première heure !

Je me gare un peu loin de l'adresse que Sofiane m'a donnée, un pavillon neuf écrasé par les tours HLM de la Solidarité. Dans l'allée, que des voitures de luxe : Hummer, Porsche, Mercedes et BMW. Encore un mariage de pauvres. Je récupère mon matos dans le coffre. Les derboukas de l'orchestre et les youyous des femmes recouvrent le son des cigales. Collées au portail, une Bentley blanche et une Maserati jaune. Autour de la maison, un jardin défraîchi, une balançoire laissée à l'abandon, une piscine hors-sol couverte d'une bâche et une niche pour chien. Je dis bonjour, je suis transparent, un cafard.

Dans le jardin, l'orchestre transpire à grosses gouttes. Les hommes les plus âgés tournent sur eux-mêmes et les femmes occupent la piste. Les jeunes en costume brillant grosses lunettes de soleil et chapeau blanc à l'américaine regardent le spectacle de loin. Ils posent. J'entre dans la maison.

— Bonjour, c'est pour le film !

— Ils sont dans la chambre, au fond, me répond la maquilleuse.

Sur les murs du couloir, un grand miroir aux calligraphies arabes dorées. Le même qu'il y a dans toutes ces maisons. J'entre dans la chambre. Le marié, un grand gars bien nourri, est en caleçon, face au miroir, en train de se pulvériser du déodorant sur tout le corps. Sofiane est concentré sur une composition de nature morte : une Rolex, des boutons de manchette, un flacon de parfum Acqua Di Gio, un nœud papillon et des chaussures pointues en cuir noir.

— T'es en retard… Fais vite, il me dit. T'as pris ton drone ?

— Ça y est, je viens d'arriver, tu me casses les couilles direct.

— Commence pas, Stress ! Je te dis ça parce que le cortège, c'est important aujourd'hui.

Une femme entre, forte et nerveuse. Des yeux noirs que je connais.

Quelques amis du marié sont là, plantés à la porte de la chambre.

— Saha la Rolex, Wawa !

— C'est une fausse la Roro, Wawa ?

— Oh ça y est, le sang, ce soir tu mets les menottes, le sang !

Wawa sourit comme un gros poupon. Sofiane lui demande :

— Il est où ton oncle ?

— Y s'habille je crois.

Puis à un de ses amis :

— Roro, va chercher mon tonton ! avec le regard d'un bouc de combat.

Sofiane me prend à part :

— Filme bien son oncle, c'est lui qui a tout payé.

— Je t'ai dit que je voulais pas faire des mariages comme ça…

La porte s'ouvre sur un petit homme en costume rose pâle, baskets blanches. Ses yeux sont plongés dans son écran de téléphone. Dans le gel de ses cheveux, une paire de lunettes de soleil Versace dorée. Il met son téléphone dans sa poche, lève la tête, écarte les bras et s'exclame avec un grand sourire :

— Qu'est-ce qui s'passe dans l'espace ?

Il me faut une demi-seconde pour reconnaître la figure d'Oranais de Ichem.

Le petit Wawa et les yeux noirs de Rabia. Comment tout ça a-t-il pu m'échapper ? Peut-être le fait que Cheb Youss ne soit plus là ? Aucune K7 de raï. Aucun Disque d'or accroché au mur. Il a sûrement disparu de leur vie. Ichem a refait ses dents. Il porte plus de kilos et de confiance en lui. Dix-huit ans que je l'ai pas revu. Il est tel que je l'avais laissé, en pire. La caricature d'un gros tchatcheur de Marseillais. Ichem a toujours eu une revanche à prendre et ça allait durer toute sa vie.

Sans me regarder, il dit à Sofiane :

— C'est lui ton caméraman ?

Y m'a pas reconnu. J'ai changé. Je ressemble maintenant à un Français entrant dans la quarantaine comme un couteau dans une plaque de beurre. J'ai envie de m'échapper, disparaître, mourir. Je suis fait comme un rat. Alors je sors la phrase la plus nulle de toutes :

— Tu me reconnais pas, Ichem ?

Au son de ma voix, l'expression de son visage change. Et soudain je retrouve mon pote d'enfance, Ichem le clando, le petit oisillon plein d'amour que sa mère avait jeté du nid pour qu'il aille faire sa vie à Marseille. Il pose ses petits doigts sur ses joues et dit :

— Stress ! Mon Dieu !

Puis, comme s'il voulait pas y croire :

— Qu'est-ce que tu fais là ?

— Ben, je filme.

Il sourit. Un sourire vicieux. Il appelle sa sœur :

— Rabia, tu te rappelles de Stress, du Panier ?

Et elle, sans me regarder :

— Ichem, t'as vu l'heure ? On a pas le temps ! On va rater la mairie !

Sofiane enchaîne :

— Ichem, tu peux aider Wawa à mettre son blazer s'il te plaît ?

Je filme, je me planque derrière mon cadre. Ichem s'approche :

— Et ta mère elle va bien ?

— Elle va bien merci.

— Faut y aller maintenant ! nous crie le chauffeur de la Bentley blanche en roulant du cul comme une gonzesse.

Depuis la fenêtre de la chambre, je vois les motos faire des roues arrière dans la contre-allée. Les scooters vrombissent et les voitures gonflent leur dos à coups de frein à main. Les femmes sont sorties des toits ouvrants et agitent des drapeaux algériens. Ichem demande à son neveu :

— Wawa, tu te rappelles de Stress ?

Wawa fait « non » de la tête, puis tourne les yeux vers moi et me demande :

— T'as un drone pour filmer le cortège ?

Après la cérémonie à la mairie, on est partis vers Cassis avec les mariés. Pour les photos et la séquence émotion, Linda voulait « un peu de mer, un peu de vigne ». J'ai filmé Wawa en train de marcher dans les vignes et j'ai demandé à Linda de caresser une fleur. Au montage, je mettrai tout ça au ralenti sur une chanson de Ed Sheeran, toujours la même, entrecoupé d'images de nuages en accéléré et de plans drone sur les calanques de Cassis. Quand il a vu les images dans mon viseur, Wawa était content :

— Wallah, t'es un tueur, Stress !

Compressé dans son pantalon de costume, il suait à grosses gouttes. Linda virait au rouge dans sa robe de princesse. Ils ressemblaient à deux adolescents lors de leur premier rendez-vous.

Sofiane a demandé à Linda :

— Sarah, tu peux toucher la joue de Wawa s'il te plaît !

— C'est pas Sarah c'est Linda ! elle s'est énervée.

Sofiane n'arrive jamais à se souvenir du prénom des mariés. Linda a posé sa petite main hésitante sur la grosse joue de Wawa.

— Comme ça ?

À minuit, juste après le repas, Sofiane allait diffuser un diaporama. Et tous les quartiers Nord seraient là. Sofiane avait une réputation de photographe de mariage à tenir.

Quand on est arrivés au Palais de Jasmine, une usine à mariages arabes, Ichem était remonté :

— Vous avez bloqué, sur ma mère !

Les femmes ont fait des youyous. En sortant de la voiture, les regards de Wawa et Linda ont changé. Pour eux, les choses sérieuses commençaient. Le traiteur, Anis Saveur d'Orient, un ancien joueur du centre de formation de l'OM, leur a fait couper le ruban rouge du buffet. Ils ont croqué dans une datte et trinqué avec des coupes de lait caillé. Sofiane et moi, on était toujours là, comme deux vieux journalistes de presse people sur le retour. Wawa s'est retourné vers ses invités, peut-être deux cents personnes. Et il a crié avec sa grosse voix :

— Le buffet est ouvert !

De grosses femmes ont chargé leurs assiettes en carton de sushis, de calamars frits, de mini-paninis, de tranches d'épaule d'agneau et de foie gras.

— C'est halal, ça ?

— Oui, madame, tout est halal ici !

La jeunesse était fringuée et rasée de près comme dans un prime time de téléréalité. Les filles, moulées dans des robes aux écailles brillantes, gardaient leurs énormes téléphones à la main. J'ai posé mon matos derrière la table de mixage de DJ Foued et de son assistant, un mec avec une gueule de légume trop cuit, qui passe les soirées à tirer sur une chicha.

— T'as maigri, Stress ! Qu'est-ce qui t'arrive ? m'a lancé Foued.

— La vie ! j'ai répondu.

Il était content de cette réponse. Être gras, pour DJ Foued, c'est aller bien.

Dans la soirée, Ichem est venu me voir deux fois. La première fois, pour savoir si j'avais bien eu du poulet aux olives.

— T'inquiète, je lui ai répondu.

La deuxième fois pour savoir si j'avais filmé la déco de la salle.

— T'inquiète, je lui ai répondu.

— Saha Stress ! T'es un vrai pro.

Je savais pas comment le prendre. Avec Ichem, c'était comme si le destin nous avait de nouveau réunis, pour mieux nous éloigner. Il finançait un mariage de deux cents personnes pour son neveu, lui, le petit clando du Panier, qui devait vendre quatre barrettes de shit pour s'acheter un paquet de clopes. Et moi, j'étais devenu son caméraman de mariage. « Le mektoub y finit toujours par s'occuper de toi », disait Nordine.

Les familles se sont mises à danser autour du jeune couple, sur de la variété algérienne. D'abord les mères, ensuite les pères, puis les frères, les sœurs, les oncles… Le cercle familial qui s'agrandit. Les amis de Wawa l'ont attrapé et l'ont envoyé au ciel. Sofiane m'avait dit : « Ce soir, y aura plein de chefs de réseau. »

Je ne voyais que des gamins qui jouaient mal leur partition de jeunes adultes.

Quand la musique s'est arrêtée, les invités se sont mis à table, presque instantanément. Rabia a continué à faire comme si elle ne m'avait jamais connu. « Caméraman ! T'as filmé mes cousines ? » Je faisais partie de cette période de sa vie à oublier : son minuscule appartement de la rue Baussenque, son mari absent, les stages de Ichem à la prison de Luynes pour situation irrégulière et les six mois de taule qu'il s'était frappés en Tunisie. Pour Rabia, le passé était mort et moi avec.

Pendant le repas, avec Sofiane, on s'est installés à la table du DJ. Il s'est mis derrière son ordinateur et il a commencé à monter son diaporama. Je ne supportais plus ses photos de bords de mer et de vignes aux couleurs rehaussées. Sur ses clichés, les mariés me paraissaient tellement loin de l'image que j'avais d'eux. Quand j'ai commencé à travailler avec Sofiane, je faisais des films dans un esprit documentaire. Les moments que j'appréciais le plus, c'était le matin, à mon arrivée. Quand les petites vieilles me servaient le thé et une assiette de couscous. Je disais « choukran » et elles étaient heureuses de voir un petit Français parler quelques mots d'arabe. Mais une fois que les premières voitures arrivaient, elles disparaissaient, broyées dans une organisation qui fait entrer de force, en une journée, tous les ingrédients d'une culture génétiquement modifiée. Une chips saveur orientale. J'ai vu des vieux pères de famille largués quand des gamines de 20 ans leur demandaient de mettre la main droite au-dessus de leur tête au moment de sortir de la maison familiale. Elles s'énervaient parce que leurs pères ne connaissaient pas cette tradition qui faisait désormais partie de la recette « Mariage oriental ». Cet univers qu'on te vend, à la carte, dans les salons et les sites spécialisés. Pour moi, leurs cérémonies, c'était devenu indigeste. Comme un couscous à volonté que l'on va se bouffer dans un restaurant de zone commerciale sur de fausses banquettes marocaines, avec des tableaux de dunes, d'oasis et de chameaux accrochés aux murs. À la fin, je retrouvais les mêmes petites vieilles abandonnées sur une chaise. Le visage éteint, éclairé en intermittence par les lumières stroboscopiques, au rythme d'un morceau de rap autotuné.

Au début, je rendais hommage à ces vieux qui ne parlaient même pas français. J'allais interviewer les imams, pour qu'ils m'expliquent leur vision du mariage dans l'islam. Au montage, je prenais le temps de construire un propos, une ambiance, des émotions. Mais au moment de rendre le DVD aux mariés, la première question était :

— T'as filmé le cortège avec le drone ?

Ils avaient envoyé 30 000 euros en voitures de luxe, buffet, DJ, maquillage, location de salle, décoration et pyrotechnie. Et mon film devait montrer tout ça. Ils voulaient se voir sortir leur tête du toit ouvrant d'une Bentley, lire l'heure sur une Rolex, marcher au ralenti dans les jardins d'un château et traverser des salles bruyantes d'invités au ventre plein. Alors, de saison en saison, de mariage en mariage, j'ai fini par faire ce que les caméramans de mariage font tous : vendre un rêve qui ressemble à un générique low-cost d'émission télé.

Adolescent, je traînais avec des clandos, des mecs du bled. Ichem, Nordine et Kassim parlaient leur langue, ils connaissaient leur pays d'origine. Par ma mère, qui avait gardé des liens avec l'Algérie, et par mes amis d'enfance, j'avais baigné dans cette culture. Mais ces mariages orientaux, c'était du folklore, comme faire un tour de chameau et se prendre un verre de thé à la menthe dans une soirée chicha avec danseuse du ventre. Et ce soir-là, en voyant Ichem, je lui en ai voulu.

De participer à ça. Et aussi, peut-être un peu, d'être le témoin de ma déchéance.

Après le repas, tout s'est enchaîné. Le changement de robes, la cérémonie du henné et puis les chaises à porteurs sur lesquelles des mecs en djellaba baladent les mariés. Chaque fois que je croisais les yeux de Ichem, nos regards étaient de plus en plus indifférents. Sofiane a projeté son diaporama. Les invités ont trouvé ça très beau, surtout les filles. Enfin, lui le photographe et moi le caméraman, avec nos bides et nos cheveux gras d'une journée de quatorze heures à courir de partout, on s'est mis côte à côte, épaule contre épaule, devant la pièce montée. DJ Foued a pris le micro et il a lancé un compte à rebours, « 10… 9… 8… 7 », sur l'air « La pièce montée, on va la démonter », remixé techno. J'ai fait mon dernier plan, celui du couteau qui entre dans le gâteau, avec derrière des fontaines lumineuses qui explosent. Et c'était fini. J'ai plié mes affaires et je suis sorti. Dehors, au fond du parking, dans l'ombre, Wawa et ses amis remplissaient leurs gobelets en plastique de vodka. Je suis allé voir Sofiane :

— Rends-moi service, tu peux récupérer l'argent pour moi ?

Il a bien senti que ce soir-là j'avais envie de rien. Et encore moins de faire de cadeau à Ichem.

Pour le dîner de Johanna, j'ai passé l'après-midi à préparer le mafé. Johanna est propriétaire d'un cent dix mètres carrés traversant, hauts plafonds et poutres apparentes. Son père, un médecin à la retraite qui a fini sa carrière dans les labos pharmaceutiques, lui a fait une avance sur héritage. Du parquet massif dans les chambres, des tomettes dans le salon, l'affiche du film *Blow-up* et celle de *La Dolce Vita* dans le couloir. Sur des étagères, des pochettes d'albums de Bowie, des Stones et de Frank Zappa, sur le frigo des magnets de la Biennale d'art contemporain de Lyon. Un bar en inox, une grande table de famille en bois massif et des canapés en cuir vintage. Johanna a refait son appartement à neuf.

« J'ai une sœur qui est archi d'intérieur, ça aide ! Les travaux, c'est des potes kurdes… Les mecs, ils sont super pros. Je les adore ! Si tu veux je te file le contact. »

Johanna parle souvent comme si tout le monde avait les moyens de se payer un appartement à 300 000.

Elle le loue sur Airbnb quand elle part dans les Cévennes, dans le Luberon ou chez des potes à

Saint-Raphaël. Les Venants ont toujours des bases de repli. « C'est génial finalement cet Airbnb, on fait plein de rencontres sympas ! »

Le quartier de Johanna, c'est celui des associations pour toxicos, des travelos qui tapinent et des bars de quartier où les vieux Arabes se cachent pour faire entrer du péché dans leur corps. « Ça craint un peu... mais pas plus qu'ailleurs. Et puis moi j'adore ces ambiances populaires. Je crois que je pourrais pas habiter dans un quartier bourgeois ! » C'est ce qu'a dit Johanna à une amie à elle ce matin, alors qu'on prenait un café sur la place des Réformés. Puis : « Alors c'est vrai, moi j'ai pas d'enfants. Peut-être que si j'en avais, je réfléchirais autrement. »

Aujourd'hui, une heure avant que ses invités arrivent, elle a enlevé de sa bibliothèque *L'Intestin notre deuxième cerveau*, les deux romans de Musso et le bouquin sur *Comment se libérer de nos peurs et de nos préjugés*. Dans l'après-midi, elle avait acheté un *Art press* et un *Beaux Arts Magazine*, qu'elle a mis sur la petite table des chiottes, bien en vue. Les invités sont arrivés à l'heure, tous ensemble, ce qui m'a paru étrange. On a ouvert deux bouteilles de champagne, et très rapidement, on est passés à table. Johanna a placé ses invités avec une grande détermination. Elle avait réfléchi à son plan de table. Ma mère faisait ça aussi, lorsqu'elle invitait des gens à dîner à la maison.

Je suis face à Yves, le directeur du Festival international du film. Il a la tête de celui qu'on ne contredit pas. Jérémy est assis à côté de lui. Il rigole déjà à ses blagues. On dirait qu'il a payé sa place, cet enfoiré. À côté d'eux, une fille très brune, usée par le sel névrotique.

Une scénariste qui fume des Stuyvesant King Size entre chaque plat. Je trouve ça classe les gens qui fument encore à table. Elle a bossé sur un film qui se passe à Marseille et dont tout le monde dit que c'est très bien. En bout de table, Pedro, l'ex de Johanna, et sa nouvelle copine, une grande blonde, danseuse serbe, avec un nez fort qui pimente son charme slave.

— Tu aurais pu me dire que tu invitais ton ex…

— Rho, ça va… Qu'est-ce que t'es réac en fait !

Johanna m'a répondu ça dans la cuisine en m'offrant sa langue qui puait le tabac froid, et quand je suis reparti à table :

— Tiens, prends le fromage.

Pendant le dîner j'ai assez peu parlé, deux-trois phrases au début sur mon projet de film. Parce que Johanna avait insisté quand on s'est retrouvés tous les deux dans la cuisine, entre la salade et le mafé :

— Putain tu fais chier, tu pourrais parler un peu plus de ton film. C'est quand même le directeur du FIF !

Comme un gamin qu'on engueule, j'ai coupé court :

— Arrête, il avait l'air de s'en battre les couilles.

— Bon, tu fais comme tu veux, elle m'a dit sur un ton excédé.

Alors, à table, on aurait cru un ado qui passe au rattrapage. Mon synopsis, mes idées de plans fixes sur les maisons murées, les monologues des personnages, la partie comédie musicale et mes références à la mythologie grecque. J'y croyais pas moi-même. Yves a vaguement hoché la tête et il a dit :

— Ça faisait hyper longtemps que j'avais pas mangé du mafé… La dernière fois, c'était à Yaoundé en 77.

Puis il a embrayé :

— À l'époque j'étais prof, je faisais des missions de trois mois. Qu'est-ce que j'ai pu en manger du mafé. Mais là-bas, ils le font avec les vraies arachides. Rien à voir avec la pâte en boîte qu'ils te vendent aujourd'hui à Noailles.

Sur le coup, j'ai eu envie de lui faire rentrer à coups de poing sa tête rasée de près dans les tomettes d'époque. Mais j'ai souri et je suis parti chercher le dessert en m'interrogeant sur la violence intellectuelle. Quand je suis revenu, ils parlaient tous du FIF : de la prochaine programmation, du travail remarquable des jeunes réalisateurs algériens qui ont « une force, une puissance, qui ne sont pas intellectualisées. On sent qu'ils ont dû en chier, eux ! ». Les autres, autour de la table, acquiesçaient comme sous Louis XIV et Johanna s'agitait pour que personne ne manque de rien. À la fin du repas, elle a invité tout le monde à passer au salon.

Je suis resté à table, avec Pedro et sa danseuse. Il a une kalach tatouée sur l'avant-bras et il écrase de la cocaïne avec sa carte Vitale. On cause un peu, du Panier des années 90, qu'il a fréquenté. Je connais bien son CV. Il est réputé pour avoir repeint, en trompe-l'œil, la partie arrière du commissariat de Félix-Pyat en rôtisserie de poulets bleu-blanc-rouge. Je l'ai vu plusieurs fois traîner sur la place du Refuge avec des grands de mon quartier. À 37 ans, je continue à dire « les grands » pour des mecs qui la plupart sont devenus livreurs de pizzas, allocataires du RSA ou qui sécurisent le périmètre de tournage de productions parisiennes. Pedro sort de sa poche un papier, se roule une paille, tape une ligne et me fait tourner l'assiette. Je tape la plus grosse, elle me pique le nez. Après ça, Pedro me lâche tout. En bloc.

Ses deux années de prison dans le Nord : deux plaquettes de marocain qui n'ont pas passé la frontière allemande, « ces enculés de la douane m'ont chopé à la gare de Strasbourg », ses performances, quand il entrait dans les vernissages d'art contemporain avec des jeunes de quartier pour foutre le bordel.

Il a parlé pendant toute sa montée de coke et j'ai laissé sa voix enrouée prendre le dessus. À un moment donné, sa copine a miaulé en lui caressant le torse :

— Tu as fait tout ça toi ?

À la seconde ligne de coke, je me déplace vers le salon. Yves est dans le canapé et tient son auditoire. Un maître de conférences. Il remarque mon arrivée, s'arrête dans sa critique d'un film libanais produit par une boîte marseillaise et me lance :

— Et toi, Stress, tu fais quoi, à part essayer de faire des films ?

Cette question se pointe dans ma vie comme un crédit revolving. J'ai pas le luxe de réfléchir longtemps. Je me jette comme quand je sautais, gamin, du pont du vallon des Auffes, en fermant les yeux :

— Je suis caméraman de mariages arabes.

Johanna a un rire nerveux. Jérémy se ressert un verre, la scénariste s'allume une rouge. Yves se redresse dans le canapé, écarte ses petits yeux qu'il doit tenir d'un arrière-grand-père qui marchait dans les rizières et dit :

— Putain, mais c'est génial ça ! Ça faisait longtemps qu'on m'avait pas sorti quelque chose d'aussi intéressant !

Il a dit ça en écartant les bras comme un dictateur. La musique est repartie et je suis au centre de l'attention. Je déballe tout comme une balance qui passe aux aveux : les cortèges en grosses voitures de location, ces risques que prennent les jeunes sur leurs motos, « chaque année y a des mecs qui meurent » quand ils bloquent les autoroutes et allument des fumigènes, ce mélange de religion et d'imagerie télévisuelle, la générosité des gens.

— Et tu leur fais quoi comme film ? me demande la scénariste, puis : J'aimerais beaucoup en voir un. Si ça te dérange pas, bien sûr.

Elle bosse en ce moment à l'écriture d'une série qui se passe dans les quartiers Nord. Produite par Netflix. Je dis que c'est super. Parce que là, je suis une pute et j'en ai plein le nez. Elle poursuit :

— Et c'est dans quel quartier que tu filmes ces mariages ?

L'assiette de cocaïne tourne et on s'en remet une.

— Dans tous les quartiers Nord.

La scénariste continue de me regarder dans les yeux. Je renifle. Elle est putain de baisable.

— Et tu fais des mariages comoriens ?

Je lui sors mon éternel :

— Quand j'étais jeune, je vivais au milieu des Comoriens, jamais j'aurais pensé qu'ils puissent devenir un jour des voyous.

Une phrase que j'ai dû sortir au moins cent fois dans ma vie, ce qui me rapproche de la mort. Elle a l'air de s'en foutre, elle veut de l'actualité. Les quartiers Nord sont vendeurs et toutes sortes d'artistes tournent autour. Elle me parle d'une photographe qui y fait *un travail remarquable*. Je vois bien qui est cette fille. Je me retiens de dire ce que j'en pense et sur le coup, j'en suis assez fier.

La scénariste veut me revoir.

— Bien sûr ! Quand tu veux.

On s'avance toujours trop, sous cocaïne. Elle me demande si j'ai pas des contacts. Des gens qu'elle pourrait rencontrer.

— Et les réseaux, tu les vois quand tu vas filmer les mariages ?

Je joue au con.

— Les réseaux ? Attends, deux secondes, je reviens.

Je me lève. Y me faut une trace. Dans la salle de bains, Pedro a ressorti sa tête d'enculé, la cocaïne peut avoir cet effet, de changer les visages. Johanna et la danseuse de l'Est sont très proches l'une de l'autre.

— Aujourd'hui on peut plus marcher dans la rue sans se faire brancher. Sérieux… je me fais insulter au moins une fois par semaine, sinon deux.

— Dans mon pays les hommes sont beaucoup plus respectueux qu'ici. Envers les femmes je veux dire, poursuit la danseuse.

Pedro travaille sa cocaïne en silence. Je lance un :

— Ah ça y est… C'est la minute féministe !

— Oh ferme-la, toi ! me reprend Johanna.

Elle enchaîne, en regardant la danseuse dans les yeux :

— Il est hyper misogyne.

Je me demande pourquoi les gens qui prennent de la coke finissent toujours dans une salle de bains. La lumière ? La surface lisse qu'offre l'émail ? Pour se sentir moins sale ? Pour se mater ? Un délire narcissique ?

J'ai les mains moites. Il m'en faut encore une.

— Y t'en reste pas une petite, Pedro ?

— C'est chaud, qu'il me répond très calmement.

Johanna me lance :

— Chéri, ça te dit d'aller à La dame Noir ? On a envie de faire les folles ce soir.

Elle monte les bras en bougeant son bassin en face de la danseuse. J'ai plus de libido.

— Non, sans moi, j'ai pas envie.

— Oh bouuuuu, t'es pas drôle.

Dans le salon, Yves a déjà enfilé sa veste. Ces mecs-là ont une boussole. Johanna et les autres sortent de la salle de bains.

— Attendez… On va descendre avec vous ! s'exclame Johanna.

« Chéri, tu viens ! Allez viens ! qu'elle me répète.

Pedro est derrière moi, il pèse de toute sa masse.

— Non, pas ce soir. Mais allez-y !

Elle attrape sa petite veste en daim achetée dans une friperie parisienne, dont elle est super contente parce qu'elle dit tout le temps : « Devine combien je l'ai raquée ? » Ils claquent la porte, j'entends leurs rires dans la cage d'escalier, j'ouvre la fenêtre, pour prendre l'air. Je les vois sortir et marcher. Ils prennent toute la largeur de la rue.

Il est onze heures du matin, Johanna n'est pas rentrée de la nuit. Aucun message. Elle a peut-être fini avec Pedro et sa danseuse. Un plan à trois. Taper de la cocaïne et pratiquer le 69. Je n'éprouve aucune jalousie. Une douche, un verre d'eau et une pêche plate. La cocaïne m'a fait saigner du nez. Faut que je sorte. Je claque la porte et j'arrive sur Gambetta. Le guichet automatique prend le temps de la réflexion avant de me filer de la thune. J'entre dans un bar-tabac au sol dégueulasse. Des écrans partout, Tiercé d'un côté, Bingo de l'autre. Au milieu, des types debout, leurs yeux secs d'espoir et un ticket dans une main crispée. Je commande un café, j'achète un paquet de rouges à un jeune gros qui dégouline sa sauce algérienne. J'hérite du « Fumer rend impuissant » avec une femme au bord du lit, tourmentée par la demi-molle de son mari. Je m'en contente. Je sors m'asseoir en terrasse et pose mon café sur une table ronde en verre, avec sa publicité pour un jeu à gratter, « Jouer comporte des risques ». Quelques types sur le trottoir, pas loin de la porte, fument en silence avec la tête de ceux à qui on a enlevé quelque chose.

Je m'allume une clope. Le café-clope, c'est le plaisir du pauvre. Mon téléphone vibre. Nordine.

— Allô, Stress !

— Wesh, Nordine !

— Tu sais, la fille qui s'est fait tuer hier ?

— Quelle fille ?

— T'as pas entendu ? C'est passé aux infos…

— J'ai pas la télé.

— Y a une fille qui s'est fait tuer hier à Plan de Campagne.

— Et alors ?

— C'est la sœur à Djamel.

Sur le coup, je me demande pourquoi Nordine continue de dire « la sœur à Djamel » et pas « la sœur de Djamel ». Devant moi, trois hommes s'entretiennent sérieusement. Ils ont l'air d'accord sur les ingrédients à mettre dans leur discussion. Ils laissent mijoter. Celui du milieu porte une djellaba marocaine à capuche. Il a la tête baissée.

— Laquelle des sœurs ?

— La grande.

Je suis pas plus avancé. Les sœurs, dans notre adolescence, elles étaient planquées comme les plaquettes de chocolat blanc avec le dauphin qui saute sur l'emballage.

— Jasmina ? je tente.

— C'est ça, Jasmina !

La grande Jasmina. On la voyait parfois débarquer sur la place des Moulins en pyjama rose et peignoir blanc. Elle avait des claquettes à pompons aux pieds et un foulard sur la tête. Elle demandait nerveusement :

— Il est pas là, Djamel ?

Elle avait toujours la tête très droite. La prestance, c'était de famille chez les Chaouch.

Jasmina avait fini par se marier. Elle était partie « proprement », avec un mec de la porte d'Aix. Un Tunisien aux mains noires de mécano. Il tenait un cycles cours Lieutaud, le boulevard où l'on répare des scooters et où l'on vend des godemichés. Djamel détestait son beau-frère en silence. Trois enfants plus tard, Jasmina s'était retrouvée toute seule. On avait rien su de son mariage et encore moins de son divorce. Elle était partie vivre seule avec ses trois gamins vers La Rose, dans ces quartiers où l'on se déplace d'un Quick à un Carrefour, d'un lave-autos à un centre commercial. Je l'avais croisée en ville, une fois, elle tenait une poussette d'une main et traînait une gamine de l'autre. Son brushing était collé à la sueur de son front.

— Pour de bon elle est morte ? je finis par dire.

— Woulah ! Je te jure.

— Non ? Jasmina…

Je viens de réaliser. En face de moi, les trois types se tiennent la main, la ramènent sur le cœur. Font ça plusieurs fois. Ça doit les rassurer de se toucher. Le grand du milieu relève la tête. Je reconnais direct cette métastase de Morocco. Il a pris la carte « Personnage à barbe avec chapelet, djellaba, tatanes en cuir et petit Coran dans la main ». L'époque est aux jeux de rôles. Il a grossi. Il a dû arrêter de fumer, de boire, de prendre des cachetons.

— Qu'est-ce qui s'est passé ? je demande à Nordine, distrait.

— C'est un fou qui l'a égorgée…

— Égorgée ?
— Oui.
— Avec quoi ?
— Avec quoi à ton avis ?
— Un couteau ?
— Eh oui un couteau !
— Non ? Où, à Plan de Campagne ?
— Sur le parking de La Halle aux chaussures, où y a le KFC.
— Elle sortait du KFC ?
— Qu'est-ce que j'en sais, moi ?
— C'est des terroristes ?
— Arrête de dire n'importe quoi, Stress…
— Quoi, c'est pas un terroriste ?
— C'est bon, Stress, me casse pas les couilles, s'il te plaît…
— Elle est morte ?
— Eh oui. C'est ce que je viens de te dire ! Qu'est-ce qui t'arrive, Stress ?
— Rien. Il est où Djamel ?
— Il est à Marseille. Demain, lui et sa famille, y partent au bled.
— Ça va. Donne-moi son numéro.

J'avale mon verre d'eau. Un goût de tabac froid. J'attrape *La Provence* sur la table d'à côté. « Une jeune mère de famille se fait tuer à La Halle aux chaussures. Plan de Campagne en état de choc. Tout le monde lui rend hommage sur les réseaux sociaux. La piste terroriste est pour le moment écartée. »

— Allô, Djamel ?
— C'est qui ?
— C'est Stress…

— Stress, ça fait plaisir d'entendre ta voix…
— Toutes mes condoléances, kho…
— Merci, Stress. Ça fait plaisir.
— C'est des enculés…
— C'est pas des enculés, c'est des fous !
— Oui c'est des fous…
— Merci en tout cas, Stress. Ça va toi ? Ta mère, ça va ?
— Oui ça va, merci…
— Ça fait plaisir, tu sais, Stress, t'es le sang, wallah.
— Allah ya harmou…
— Allah ya harmou…
— Vous partez en Tunisie demain ?
— Oui, on va l'enterrer.
— Courage, kho.
— Merci, mon frère.
— Porte-toi bien.
— Merci pour ton appel, Stress.

Et ça a été tout. Djamel, le chauffeur du 32 qui part du Vieux-Port, passe par la Belle de Mai, coupe Plombières, monte au Merlan et s'enfonce dans les quartiers Nord. Je le prenais parfois, ce bus, pour aller à la salle de boxe des Oliviers, dans ces journées d'hiver où le soleil part se coucher tôt. Je m'installais dans un siège et je collais mon front contre la vitre. Je regardais les quartiers Nord défiler. J'avais toujours été un enfant du centre-ville. Ce monde m'était totalement inconnu et il me fascinait. Le quartier qui m'impressionnait le plus, c'était Les Cèdres. Des voitures retournées, des abribus cassés, des caravanes de Gitans. Un décor dont je n'étais que le spectateur.

Sur le toit-terrasse de la Friche la Belle de Mai, tous les soirs d'été, ils organisent des soirées « On Air », comme on peut le lire sur le panneau éclairé au-dessus des DJ. Autour de moi, que des jeunes beaux et bronzés, assis en tailleur ou sur des chaises pliantes, qui boivent du rosé et se racontent des choses qui les font sourire. Ils sont enveloppés dans la lumière chaude de guirlandes aux ampoules rouge et jaune. Tout cela ressemble à une publicité Airbnb.

— Arrête de vivre dans le passé, Stress. Marseille, c'est une femme libre. Et si tu crois qu'elle va attendre après toi, tu te fourres le doigt dans l'œil, m'a dit ma mère hier soir.

Elle avait fait des pâtes aux tellines. Fred sait cuisiner.

Elle m'héberge en ce moment, dans ma chambre d'ado qu'elle a transformée en bureau.

— Tiens ! T'as un matelas gonflable là. Je vais te filer des couvertures.

Pour me faire trois ronds, je loue mon studio de la Plaine à des touristes. La machine économique m'a foutu à la porte de chez moi pour 45 euros par nuit. « N'hésitez pas à m'appeler si vous avez une question ! » je dis à mes locataires, souvent très jeunes. Mais ils n'ont jamais de questions à me poser. À Marseille, ils ont des potes qui ont ouvert des bars, des librairies. Ils sont parfaitement au courant des expositions en cours, des plans de soirées, et ils ont les bonnes adresses de restaurants.

Ce soir, je porte une chemise trop petite, à carreaux, que j'aime bien, un short Volcom et une paire de Vans qui me fait transpirer des pieds. Un quart d'heure que j'attends qu'on me serve un verre de rosé. Derrière le comptoir, des jeunes rigolent entre eux. Je me demande bien comment ils ont obtenu ce job d'été.

Un mois que je ne vois plus Johanna. On a essayé de se remettre ensemble. On s'est fait un déj dans un resto tunisien à Belsunce qu'elle « adore ». Elle a pris une salade méchouia et moi une brick à l'œuf. Le patron, un gros souriant, n'a pas arrêté de lui passer de la crème dans le dos. On s'est revus un soir. On a dîné dans un restaurant cinq services à Noailles. Une ancienne mercerie où ma mère m'envoyait acheter du fil et des boutons. 90 euros le repas et des serveurs qui ont des piercings dans le nez. Pendant le dîner, on était chacun sur notre téléphone portable.

Johanna s'est retirée, sans douleur. Je sais facilement me rendre insupportable. Quand tu arrives au bout de mon quai, tu trouves juste des promesses de grand large à l'odeur de fuel et de poissons morts. C'est toujours à peu près le même scénario. Je rencontre une fille, et très rapidement, tout m'emmerde. Son café allongé, le gras du jambon qu'elle enlève, les bruits de bouche quand elle mange, France Info le matin avec les biscottes, les socquettes qui dépassent de sa paire de baskets ou son « amour inconditionnel pour le néoréalisme italien ». Je suis un facho affectif et dans Mon Monde Nazi, je trône en statue de bronze en plein milieu d'une place vide. Sur le piédestal, y a gravé toute une série de règles qu'il faut suivre pour t'éviter de passer devant mon tribunal.

Je l'ai recroisée un soir au Longchamp Palace. Ce bar où les serveurs ont la tête remplie d'hélium. À force d'être entre nous et l'alcool, les barmans peuvent se méprendre sur nos sentiments et leurs pieds finir par ne plus toucher terre. Johanna était au milieu de cette foule de noctambules qui forment un kyste mondain, chaque vendredi soir, sur le boulevard Longchamp. Elle était collée à un mec, plein de barbe, avec une casquette de skateur portée à l'envers. Avoir un style de Californien, aujourd'hui, c'est possible. Elle avait l'air bien baisée. Et moi, me voilà à nouveau seul, dans l'aquarium des célibataires marseillais vieillissants qui ouvrent la bouche à fond pour avaler les petits flocons qui tombent du ciel.

Au loin le soleil descend entre la tour CMA CGM et les façades du Panier retapées par les nouveaux syndics de copropriété. J'ai lâché cette histoire de projet de film. Guacamole, la boîte de production, ne m'a jamais relancé. J'ai rapidement compris que je rappellerais pas mes anciens potes. Ce projet parlait trop de moi. Sur Facebook, un vieux écrivain qui la ramène beaucoup avec son intelligence affûtée a écrit : « L'autofiction me fait penser à celui qui est au milieu d'une plage et qui enlève, avec précaution, son maillot sous une serviette. Et tout d'un coup, le vent se lève, et une bourrasque emporte la serviette et le maillot de bain. »

Sur le mur d'en face, une œuvre de JR. Une photo géante d'une classe de Noirs et d'Arabes qui, quand ils seront en âge, iront ramasser des trottinettes avec des utilitaires de location ou conduire des Uber. Ma poche vibre. C'est la sclérose contemporaine. Un nouveau message : « Salut, je serai à la soirée d'inauguration du FIF ce soir. Si t'es dans le coin… Clara. »

Clara est de retour à Marseille et, autour de moi, tous ces jeunes gens redeviennent beaux. Ils sont « l'avenir de Marseille », comme dirait un politicien. Et ma mère a raison, ce toit-terrasse, finalement, « est une réussite ». Clara, je ne pense pas avoir cessé de l'aimer. J'arrive à l'âge où l'on se satisfait d'une tasse de thé, d'une madeleine pur beurre, d'une exposition photo en Arles et d'une petite soupe poireaux-pommes de terre avant d'aller se coucher. Aujourd'hui je me sens prêt. Même à partir loin de Marseille, pour elle, s'il le faut. Malgré toutes ces années, je continue à penser qu'il suffit de le vouloir. Je suis un enfoiré d'égocentrique, mais tout va bien, puisque je suis le seul à le savoir.

J'ai trouvé un Vélib et en pédalant à fond, je descends par le bas de la Belle de Mai. La ville s'est couchée, je roule sur son dos avec des odeurs de poulet braisé dans le nez. Boulevard National, des bars pleins de vieux à la cornée abîmée qui boivent leur thé en trempant le nez dedans. Les voitures sont garées en double file, les poubelles débordent et les rats font leur marché. Dans les snacks, les salades tomate-oignon remplissent les pains baguette et des barbus, toujours très concentrés, refont le Big Bang avec le plus grand sérieux devant des enseignes ultra-discount. On vend encore des machines à laver à cette heure avancée de la nuit. Des petites Comoriennes jouent à la corde à sauter en pyjama et des mecs sortent des salons de coiffure en se croyant beaux. J'ai encore des sentiments pour cette ville. Tout est encore possible entre nous. De nouveau envie de la filmer et de l'écouter me raconter ces histoires de vies qui, bout à bout, me transportent de l'autre côté de la Méditerranée, dans ces ruelles où l'on te vend des cigarettes et des brochettes de foie à l'unité. Où l'on jette par terre papiers, mégots, canettes de Coca. Là où les mouettes, les chats et les rats viennent se battre. Une ville doit dégager nos odeurs de crasse et nos instincts animaux. Elle doit raconter nos vies et nos dérives. Une ville trop propre ne me dit rien, elle me fait peur, à cacher ses névroses.

Je pédale le long de notre petit stade des Pompiers. J'entends Kassim me dire « Là, donne ! », Djamel et son maillot de l'équipe nationale allemande prendre la profondeur et Nordine aller s'enfermer dans un coin, près du poteau de corner. À la porte d'Aix, autour de l'arche, des jeunes hommes sont allongés sur la pelouse. L'un d'eux est rasé à blanc sur les côtés, il porte un jeans serré délavé tenu par une ceinture Hermès, un tee-shirt Philipp Plein avec une tête de mort diamantée et, aux pieds, des claquettes Louis Vuitton. Il a un joint à la bouche et il écarte les bras, en dansant sur « Trigue Lycée » de Cheb Khaled. Je descends par Colbert, la Grande Poste a fermé depuis un bail maintenant. Elle avait une allure de femme fatale dans un film noir d'époque. J'arrive sur le Vieux-Port. Il déborde de familles drapées, de vendeurs de chinoiseries lumineuses et de spectacles qui te grattent l'argent. Je me dis que j'ai envie de mourir avec ces gens-là. Au bout du quai, je m'arrête à un feu rouge, devant un bar à chicha à l'éclairage bleuté kitsch. Sur les tables, des Coca-Cola, des jus de fruits, et sur les chaises, des visages rétroéclairés au portable. Je pédale et le vent me caresse le visage de promesses. Sur ma droite le Panier, et sur ma gauche, posé près de la mer, le Mucem, le Musée des civilisations de l'Europe et de la Méditerranée, un vaisseau Venant sorti de terre en 2013 au moment de Marseille Capitale de la Culture. En face sont garés les ferries pour la Corse, l'Algérie, la Tunisie, et les bateaux des croisiéristes qui nous crachent leur pollution à la gueule. Avec les potes, on appelait cet endroit « les Pierres plates ». On venait s'y jeter à la mer, « Le dernier à la mer sa mère la pute !!! ». Les clandos y pêchaient leur passé à la ligne et les amants venaient se cacher dans les coins du fort Saint-Jean pour se mettre la main dans la culotte avant le mariage. Devant moi, il n'y a plus qu'une esplanade, une plaine morte sortie d'un logiciel d'architecte et un musée, qui ressemble à l'urne noire de nos mémoires perdues. Tout au bout, sur le terre-plein, le Festival international du film a installé son after en plein air. Je raccroche mon Vélib et je marche. Je suis un pixel se déplaçant sur un plan d'urbanisme dessiné par un graphiste marseillais à la barbe taillée, placé à la métropole par son oncle, et qui va manger, tous les midis, un plat du jour avec ses tickets-resto.

Dans mon dos le Panier et devant moi, la gueule du loup.

Les drapeaux du FIF et des partenaires sont pris dans une légère brise. À la porte, deux Noirs et un Arabe. Je reconnais Mouette, un grand de mon quartier, avec son petit crâne, des longs bras et un nez d'oiseau méchant. Tous les événements et tournages ciné de Marseille passent par lui. Il a une oreillette et la tête de celui qui n'a plus de mère. On me laisse passer. Je fonce sur le bar à rhums. Les transats France Inter sont occupés par des jeunes avec badge suspendu au cou. À leurs pieds, les sacs de plage orange du FIF. Une forme de plénitude se dégage de leurs visages de sélectionnés. Au loin, une fille, brune et écolo, qui m'a insulté un soir parce que j'avais jeté le plastique de mon paquet de clopes. Elle avait voulu m'en foutre une.

Accoudé au comptoir, Yves, le directeur du FIF, avec sa gueule d'agent russe et sa veste flottante de fonctionnaire de la Culture. Il a une flûte de champagne à la main et sa coupe de cheveux de la Légion. Il parle avec une belle vieille aux cheveux grisonnants et aux lunettes à monture rouge. Derrière les platines, une DJette à la tête réduite, des cheveux blonds peroxydés et des bras blancs. Plus loin, de dos, je reconnais la scénariste croisée chez Johanna. J'avance vers elle et je pose ma main sur son épaule. J'ai la peau froide. Elle se retourne brusquement. Je suis content de revoir sa tête de fumeuse de Stuyvesant. Elle me fait la bise et, sans rien dire, se retourne. Le vent d'est ramène de gros nuages sombres au-dessus de l'eau. La piste de danse est vide. Je vais voir Pedro, qui a toujours sa figure à se foutre de tout. J'arrive près de son food-truck : « Ça va ? » Il me serre la main. Pedro, c'est le méchant d'un film des années 50, en noir et blanc, que tu vois pas venir. Le type un peu flippant avec un tatouage « Love Hate » sur les phalanges. Qui part au large pour jeter une partie de sa vie à la mer et revient à la rame, tout reprendre à zéro.

— Tu veux quelque chose ?

J'ai envie de lui dire d'aller niquer ses grands morts, lui et son tee-shirt « Tché fada ou quoi ? ». Mais c'est trop tôt pour insulter.

— Des panisses, que je lui réponds.

— Petit ou gros cornet ?

— Laisse tomber, j'en veux pas de tes panisses.

— Comme tu voudras.

Autour de moi, les gens se parlent à l'oreille. Sur la piste de danse, deux jeunes gars se remuent, en bonnet et petit short en jean. L'un d'eux porte des chaussettes Lidl dans une paire de pompes Méduse. Johanna passe au loin, occupée. J'ai son parfum dans la tête. Fruité. Je commande un gin tonic. Elle est où Clara ? À côté de moi, au comptoir, le programmateur du FIF, celui qui ressemble toujours à un curé collabo. Chaque fois c'est au comptoir que je croise ce type-là. La piste se remplit. Une soirée de fin d'école de cinéma, avec des vieux profs qui matent en se touchant leur bite molle à travers la poche de leur pantalon gris. Johanna se passe les doigts dans les cheveux et fait sa tête de « Ah ouais, c'est vachement intéressant ! ». Pas loin d'elle, Jérémy ouvre sa bouche de « OK on fait comme ça ». Je trouve une chaise longue, je m'affale. Seul, échoué.

— Excusez-moi, cette place est prise, me dit un grand gars qui ressemble à ce mec qui accueille des migrants dans sa ferme.

— Désolé…

Je me lève, lourd sur pattes, expulsé.

J'erre comme un sans-papiers. Une main se pose sur mon dos.

— Stress !

Je me retourne : Clara. Elle a le ventre qui va mettre au monde. Je recule d'un mètre.

— T'es enceinte ?

— Oui.

Elle dit ça en écartant les bras, désolée.

— De moi ?

Elle sourit, de compassion.

— Du Portugais ?

— Il est pas portugais, il est italien.

— Ah oui, pardon.

— Oui, c'est le fils de Roberto…

Elle porte tout ça avec aisance.

— Tu veux boire du gin tonic ? en lui tendant mon verre.

Elle sourit et touche son ventre.

— C'est pour quand ?

« C'est pour quand la fin de mon monde », je pense.

— Dans deux mois.

Elle est désolée de me voir crever. Je veux qu'on en finisse :

— Qu'est-ce que tu fais là ?

— On présente un film, avec Roberto.

— Ah bon ? Dont tu as fait la musique ?

— Non, que j'ai réalisé. Enfin, qu'on a réalisé à deux.

— Tu es en sélection ?

— Oui, on est en sélection nationale, on est super heureux.

— C'est ouf !

Mon airbag mental s'est déclenché. Sa pitié m'empoisonne.

— Et c'est sur quoi ?

J'ai pas envie qu'elle réponde.

— C'est un film qu'on a tourné à Marseille.

— Ah bon ? Je savais pas que tu avais filmé ici.

— Oui, on a d'ailleurs pas mal filmé au Panier.

— Ah oui ?

J'arrive plus à rien avaler. Elle change de voie :

— Comment va ta mère ?

— Toujours là.

— Elle me manque.

— Et moi, je te manque pas ?

Celle-là, je la regrette.

— Je suis content de te voir, Stress… Je vais pas tarder, moi. Si tu vois Roberto, dis-lui que je suis rentrée. Prends soin de toi.

Ce fut doux et brutal. Je suis comme cet accidenté de moto qui se relève en pensant que tout va bien. Je la vois s'éloigner sans se retourner puis s'arrêter devant Johanna. Elles se parlent. Je savais pas qu'elles se connaissaient. Les flots de gin donnent rendez-vous à mes derniers neurones. J'avance au milieu d'une musique des années 70. S'ouvre devant moi une mer acide. Je me retrouve face à Yves, il danse comme un expatrié au bord d'une piscine d'hôtel de luxe à Yaoundé.

— Ça va, Yves ? je lui crache à l'oreille.

Il me repousse avec sa force de vieux qui a traversé quelques époques. Je me renverse du gin sur ma chemise. Je gratte une clope à une fille brune avec un tee-shirt Bob l'Éponge et une mèche rose. Et soudain, j'aperçois Roberto. Il fulmine à l'oreille d'une fille. Barbe, jeans étroit, bottines en cuir, bière corse, clope. Et un tee-shirt noir retroussé sur ses biceps.

— Oh Roberto !

— Stress ! Veni dans mes bras !

— T'as pas une clope ?

— Mais oui bien sour.

— Félicitations !

Détaché.

— Pour lé film ? Merci. Tou sais on a beaucoup pensé à toi !

— C'est bien.

Réponse automatique, genre GPS mental.

— Oui tou sais, c'est oun fable. Oune fable ratée. Commé Marseille non ?

— Donne-moi la clope.

Besoin d'un liquide de refroidissement.

— Faut qué tou lé vois, ça parle beaucoup dé toi et de tes amis aussi.

— Clara m'a dit de te dire qu'elle rentrait !

— On va pouvoir s'amouser oum peu alors.

La fille à côté de lui le mate comme un kebab pain rond. Je m'écarte, il me rattrape.

— Tou veux oun pouti truc ? qu'il me fait avec son accent à la burrata.

Il me pose un parachute dans la paume moite. La drogue se cogne dans ma gorge, passe par l'œsophage et crame l'intérieur. Mes cheveux se redressent et mes jambes suivent. Régulateur de vitesse. Me voilà installé. La musique flotte et je prends l'eau.

La fille à la mèche rose est près de moi. Je danse entre ses jambes lourdes, Bob l'Éponge remue entre ses gros seins.

— What's your name?

— Stress !

Elle est belle comme une assistante mise en scène. Elle a fait un film sur une station-service. Un pompiste transformiste et père de famille. Dans l'Oregon. Je comprends ça. J'essaie de l'embrasser : « Fuck you! » Je fuis au comptoir, Yves est toujours là. Sa vie est une conférence de presse. J'insiste :

— Alors ça va ?

— Excusez-moi, on se connaît ?

Roberto revient vers moi, c'est un spam, ce type.

— Tou sais, on a fait oune scène magnifique sur la place dé ton enfance, c'est oune scène avé des danseurs et oun ami à toi qué l'on a fait chanter.

— Quel ami ?

— Oun ami à toua, oun fou, qué y s'appelle Kassim !

— Kassim joue dans votre film ?

— Si, Kassim, qué on a fait chanter et qu'il nous a raconté votre histoire. Avé toute sa schizophrénie c'est oune métaphore magnifique dé la ville qui change.

Je passe derrière le bar et pisse contre une grille. La digue du grand large tangue sous mes yeux. Je pense souvent à une mort en haute mer. Le moment où l'on abandonne. Je colle mon front contre la grille, le métal me rafraîchit. Avoir une vessie vide, c'est un nouveau départ dans la vie.

— Viens avec nous, toi !

Ils sont deux. Mouette et un Noir. Le Noir me chope le bras. Un garrot.

— Lâche-moi !

— Reste tranquille, dit Mouette.

— Qu'est-ce qui t'arrive, Mouette ?

— Y a pas de Mouette. Reste tranquille ou on t'encule.

Ils font ce geste comme quand on jette une poubelle.

— Et ne reviens pas !

Je m'éloigne un peu.

— Niquez vos morts !!! et plus loin : Bande de fils de pute !!!

Je jette un dernier coup d'œil, de biais, sur la soirée. Tous les acteurs sont sur les planches, leurs visages éclairés au tungstène. Je n'ai plus de larmes, mes chaussures sont dégueulasses. J'entends résonner le frottement de mes pas sur le gravier, les battements de mon cœur et la mer crever sur les rochers. Le Panier croise les bras et me mate avec un petit sourire satisfait. Derrière, Marseille s'étale. Le Vieux-Port, la Canebière et Notre-Dame-de-la-Garde. Elle porte son enfant dans les bras et regarde vers le nord. Derrière elle, se cachent les riches sans accent des quartiers Sud, « les vendeurs de chemises de la rue Paradis », disait ma mère.

Je pourrais lui parler des heures, à ma ville. De ses voyous, de ses grandes gueules, de ses mecs qui valent pas un clou, de ses filles avec trop de rouge sur les lèvres et de ses petits-bourgeois qui traversent jamais la Canebière. De ceux qui prennent un accent forcé en gueulant fort : « Allez l'OM ! » De ces Venants qui écrivent leur histoire sur des pancartes de manifestation et qui affirment à haute voix : « Fiers d'être

Marseillais ! » Ils ont bien compris, ces sans-honte, que le plus important, c'est pas d'être marseillais, mais de le faire croire. Et Marseille les écoute. Parce que depuis des siècles, des incapables lui disent quoi faire. Elle en a marre, elle veut se sentir désirable. Elle se tire les cheveux, les décolore. Elle voudrait ressembler à Bordeaux, Lyon ou Aix, avoir des trottoirs immaculés, des voitures bien garées et des pistes cyclables. Moi, je la trouve belle comme ça. Avec ses mots simples et ses manières de fille des rues. Mais elle s'en fout de moi. Elle a pas le temps d'écouter mes « c'était mieux avant ». Elle veut vivre, se casser la gueule et se relever, toute seule. Danser et rire avec ces tchatcheurs et ces mythos qui l'embarquent dans de grosses bagnoles et lui racontent des histoires pleines de promesses. Elle se rêve, ma ville.

Mais certains soirs, derrière la cloison de sa chambre, je l'entends pleurer. Elle sait que je suis là, tétanisé d'amour. Alors, elle relève la tête, replace la bretelle de sa nuisette, s'essuie les yeux et me crie dessus :

— Laisse-moi tranquille maintenant, Stress !

Références musicales

P. 69 à 71 :
Fred scande un poème inspiré de l'œuvre de Sony Labou Tansi (1947-1995).

P. 112 :
Fonky Family, « Aux absents », album *Si Dieu veut...*

P. 147 à 151 :
Harry Diboula, « Tu me manques », album *Gold.*

P. 164-165 :
Jul, « J'oublie tout », album *Dans ma paranoïa.*

Composition et mise en pages
Nord Compo à Villeneuve-d'Ascq

Imprimé en Espagne par
Liberdúplex
à Sant Llorenç d'Hortons (Barcelone)
en décembre 2021

POCKET – 92, avenue de France - 75013 Paris

S32003/01